Lea Baerens

DAS TOR

Lea Baerens, 1977 in West-Berlin geboren, wuchs zwischen Leinwand und Farben inmitten der damaligen Kreuzberger Künstlerszene, einer modernen Arztpraxis im Rheinland und freier Natur an der deutsch-luxemburgischen Grenze auf. Ihre ersten Buch-Illustrationen mit Bild und Schrift verfasste sie im Alter von gut vier Jahren, wenig später erste längere Briefe in Lautschrift. Heute umfasst ihr privates Werk Gedichte, Kurzgeschichten, einen mehrteiligen Roman, autobiografische Notizen, sowie Bilder, Skizzen, Fotografien und Mode-Design.

Als promovierte Kunstwissenschaftlerin und mit einem Master of Business Administration (MBA) publiziert Lea Baerens parallel zu ihrem privaten Werk im Geisteswissenschaftlichen und als Ko-Autorin einer medizinischen Universitäts-Forschungsgruppe. Längere USA-Aufenthalte seit der Jugend, darunter als Post-Graduate Fellow an der Harvard University, Cambridge, legten den Grundstein für ihr bilinguales – deutsch-englisches – Werk.

Lea Baerens lebt aktuell mit ihrem Partner in der Nähe von Frankfurt am Main. Ihr Sohn ist erwachsen. Partner und Sohn widmet Lea Baerens ihr gesamtes privates Werk in Wort & Schrift, Bild, Foto und Design.

Website der Autorin: www.privateeditionbyleab.com

Kontakt zur Autorin: dr.lea.baerens@web.de

Von Lea Baerens liegen bei BoD vor:

THE SHIRT # elements to go (9783751929912)

DAS EWIGE LICHT (9783751902717) – Teil 1 Roman

DAS TOR (9783751902724) – Teil 2 Roman (Teil 3 folgt)

RAUM & FIGUR bei BECKMANN & MIES VAN DER ROHE (9783751901000)

GENESIS # Der Schaffensmoment eines Gedichts (9783751904513)

POEMS # Liebe.01 & Liebe.02 (9783751900416)

POEMS # Familie&Familiäres * kurz gedacht * last supper (9783751900430)

POEMS # aufgeschrieben * dialog(e) * der.die.da * gesagt_getan (9783751900447)

NOTIZEN # Erotik (9783751900386)

NOTIZEN # Du * Notizen (9783751900409)

KLEINE TEXTE # Die besten Geschichten schreibt das Leben (9783750495074)

Lea Baerens

Das Tor

Books on Demand, Norderstedt

Bibliografische Information der Deutschen Nationalbibliothek:
Die Deutsche Nationalbibliothek verzeichnet diese Publikation
in der Deutschen Nationalbibliografie; detaillierte bibliografische Informationen
sind im Internet über http://dnb.dnb.de abrufbar.

Originalausgabe
1. Auflage 2020
© 2020 Lea Baerens
Umschlag/Bildredaktion: © Lea Baerens
Umschlagabbildung: © Lea Baerens
Abbildung Umschlagrückseite: © Lea Baerens
Satz und Litho: © Lea Baerens
Porträtfoto: Foto Gregor, Köln
Herstellung & Verlag: BoD – Books on Demand, Norderstedt
Printed in Germany ISBN 9783751902724

Das Tor

wie gewöhnt man sich eine Liebe ab
wie entliebt man sich

verdränge ich dich
aus meinen Gedanken und Gefühlen
so verdränge ich mich

denn ich liebe dich

und so bleibt mir nur
dich ganz für mich zu lieben
dich in mir von dir in der Welt zu entkoppeln
dich ganz zu mir zu holen
und hinter dir das Tor zu schließen

mit einem lauten Knarren
wie es große alte hölzerne Türflügel so an sich haben

ich lausche dem Zuschnappen des Metallschlags
und frage mich
ob ich den Riegel von innen wohl vorschieben sollte

ich bin wütend
auf dich und auf mich

warum die Stille

nur das leise Aufschlagen meiner Tränen

nein

wenn du den Weg bis zum Tor doch wiederfindest

und die große alte Türklinke nach unten drückst

solltest du es öffnen können

du musst dich nur richtig gegenlehnen

Ihre Worte verschwimmen vor Lilys Augen. Mit sanftem Druck fährt ihre Daumenkuppe über das Metall ihres Stiftes. Als sei es die alte Klinke. Nichts bewegt sich. Weder in ihr, noch um sie herum. Es ist wie es ist. Auch weil Liebe ist was sie ist. Und wie sie ist. Immer Engelchen und Teufelchen zugleich. Bezaubernd licht und warm, und verwirrend dunkel und heiß. Verstehen wird sie es alles vielleicht einmal in weiter Ferne. Nach langer Zeit. Wenn die Ereignisse sich im ewigen Raum verflüchtigen. Dann ist er wirklich nur noch in ihr. Weit weg ganz nah.

Unsicher fährt Joel zärtlich über Lilys Haar. Sie scheint ihn nicht bemerkt zu haben. Manchmal entschwindet sie fast unerreichbar in ihre Welt. Nur für Augenblicke. Und blickt dann auf, als erwache sie aus einem tiefen Schlaf mitten am Tag. Doch etwas wirkt plötzlich anders. Unbeabsichtigt folgt Joel mit seinem Blick ihren Worten. Wieder und wieder. Ehe sie zu ihm durchdringen. Ehe er sie begreift. Ehe er sie spürt. Er ist da. Die ganze Zeit. Ihm können sie nicht gelten. Und doch...

Vor Schreck holt er tief Luft und schließt Lily intuitiv fest in seine Arme. Auch um selbst Halt zu finden. Wem gelten diese Zeilen? Was ist ihm entgangen? War sie die ganze Zeit bei ihm und doch nicht bei ihm?

Lilys vertraute Geste, ihre Finger ganz in seine zu haken, holt Joel zurück. Nein, sie war und ist bei ihm. Liebevoll streichelt sie über seine Wange. Wie sie es immer tut, wenn sie seine Verwunderung über ihre Liebe zu ihm wegwischen möchte. Ihre Augen ruhen in seinen. Völlig verweint und doch so klar und nah wie selten zuvor.

Joel setzt an etwas zu sagen, wieder und wieder. Ohne Worte in sich. Bis Lily ihren Finger auf seine Lippen legt. Jetzt schießen ihm die Tränen in die Augen. Er hatte Angst. Die ganze Zeit. Dass sie gehen würde. Jetzt ist sie da. Bei ihm. Und als blicke sie in ihn hinein, beginnt sie langsam zu erzählen.

„Es waren Momente, Augenblicke. Mal am Telefon. Mal direkt. Aber immer zwischen den Welten. Und immer ganz nah und ganz weit weg zugleich. Ich habe ihn gebraucht, um jetzt bei dir sein zu können."
Joel spürt Lilys leichtes Zittern. Ihre Angst. Ihn zu verlieren? Ganz loszulassen und wirklich bei ihm zu sein?
„Ich hatte eine unglaubliche Angst du würdest gehen. Einfach so. Du warst manchmal so unerreichbar. Das tat weh. Und gelegentlich wusste ich dann nicht wohin mit meinen Gefühlen. Dann bin ich aus unserer Nähe abgehauen."
„Das wenn ich dich am meisten gebraucht hätte, weil ich noch nicht so weit war, aus eigener Kraft ganz bei dir zu sein."

„Wenn du mit ihm Kontakt hattest?!"

„Oder ihn besonders vermisst habe... ich weiß, das war nicht richtig. Ich wollte dich dann einfach spüren. Nachts deine Wärme. Damit er aus meinen Träumen verschwindet. ... er hat mich nie wirklich berührt. Nur im Arm vor langer Zeit einige Male gehalten."

Unfähig etwas zu sagen, wischt Joel zärtlich Lily die Tränen von der Wange. Eine halbe Ewigkeit blickt er sie einfach an.

Sequenzen der letzten Monate ziehen vor seinem inneren Auge an ihm vorbei.

„Ich liebe dich. Manchmal am meisten, wenn ich ganz weit weg bin."

„Und jetzt?!"

Joel muss lächeln. Lilys ruhige, pragmatische Fragen in den verrücktesten Momenten holen ihn immer wieder auf den Boden der Tatsachen zurück.

„Was ist denn mit meiner Elfenprinzessin? Reif für ein Königreich?"

Lily lacht.

„Nur mit König."

Und zuckt vor Schreck über ihre Worte zusammen. Joel schafft es immer wieder, sie aus der Reserve zu locken. Commitments zu machen, wo sie gewöhnlich ausbüchst.

Sein Blick ruht tief in ihrem. Als wolle er ihr einen Moment Zeit und Raum geben – und selbst ihre Gewissheit spüren.

„Schließ' deine Augen."

Joel legt seine Hand über ihre geschlossenen Lider.

„Lass' sie zu, okay?!"

Nicken. Lily spürt seine Nähe. Wie seine Lippen sanft auf ihre treffen. Ihr ein Lächeln entlocken.

„Ich liebe dich."

Ganz leise und vorsichtig.

Joel traut seinen Ohren nicht. Wie sehr er diese Worte aus Lilys Mund herbeigesehnt hat. Unfähig, sich ihren Klang auszumalen. Zu erahnen, wie sie sich anfühlen würden.

„Sag' das noch mal!"

„Ich liebe dich."

Geflüstert und doch so ruhig und gewiss wie für Joel nur Lily etwas sagen kann, wenn sie es meint.

„Seit wann weißt du das?"

„Seit einer Weile..."

„Und mal etwas sagen?!"

„Du bist der Mann..."

„Willst du mir damit sagen, du hast gewartet bis ich es dir zuerst sage?"

„Ja."

Joel sitzt regungslos vor Lily. Nur mit seinen Fingern spielt er zärtlich mit ihrer Daumenkuppe. Eigensinnig und gelegentlich ein kleiner Dickkopf und doch so ganz Frau, geduldig aber nie wartend, allenfalls abwartend. Und jetzt sitzt sie mit geschlossenen Augen mit eben dieser Engelsgeduld vor ihm. Lässt ihn gewähren. Und vertraut.

Jetzt ist er es der sie spüren möchte. Sie lässt sich führen. Sich vorsichtig in seine Arme schmiegen.

Zögerlich, fast ein wenig unsicher, als seien es die ersten zarten Berührungen überhaupt, fährt Joel Lilys Konturen nach. Übers Gesicht, den Hals, die Arme und Hände, ihre Seite... er sollte ihren Körper kennen. Und tut es doch nicht. Wie es ihr mit ihm wohl geht?

„Warum sollte ich da sein – nachts?"
„Weil ich mich in deinen Armen geborgen, zuhause fühle."
Zuhause...
„Warum das alles hier und jetzt?"
Joel wandert mit seinem Blick durch den großen Raum, in dessen Mitte sie auf einem zu beiden Seiten offenen Sofa liegen. Wie aus einer anderen Welt. Mehr wohl inmitten einer anderen Welt. Mit eigentümlich wunderbar arrangierten Gegenständen des alltäglichen und doch wieder nicht gewöhnlichen Lebens verschiedener Jahrhunderte. Und alles irgendwie in Gebrauch, oder um dem Raum seine Harmonie zu geben.

Er hatte nicht mitgewollt, Lily aber auch nicht alleine fahren lassen wollen.
„Es ist ein Ort nicht von dieser Welt. Alles hier. Auch draußen mit dem kleinen Meteoritenteich. Es fühlt sich an, als seien Zeit und Raum hier anders. Und damit ist dann plötzlich alles anders. Auch ich. Klarer, definitiver, ruhiger."
„Wolltest du, dass ich mitkomme?"
Lily nickt.
„Aber ich hatte auch Angst davor."
„Ich habe mich in den letzten Tagen so verloren inmitten dieser wunderschönen Welt gefühlt..."

Mitten in seinem laut ausgesprochenen Gedanken stockt Joel.

„Schau' mich an!"

Das Tageslicht blendet Lily ein wenig. Ganz als erwache sie gerade erst in den Tag.

Da ist er wieder, dieser Blick von Lily, den Joel nicht zu lesen weiß. Der ihn verunsichert. Der sie scheinbar unerreichbar macht. Inmitten dieser totalen Stille von ihr. Als sei sie abwesend aus ihrem Selbst – und dabei so sehr bei sich, dass sie um sich herum nichts mehr wahrnehme.

Sein erster Impuls ist wie sonst aktiv zu werden, wie ein Gegenpol. Doch nichts rührt sich in ihm. Joels Augen ruhen auf Lilys. Mehr in. Und je länger er sie einfach anschaut, desto näher wirkt sie zu seinem Erstaunen.

Immer wieder setzt er an etwas zu sagen.

Aber was? Warum?

Jeder Gedanke, den Joel versucht zu fassen, löst sich einfach in den nächsten auf. Keinen zu Ende gedacht.

Irgendwann lässt er es. Nun sind es Bilder, Sequenzen, Eindrücke. Erinnerungen, gelegentlich gemischt mit seinen entsprechenden Empfindungen.

Lily und Momo schweigend – so wie sie jetzt hier – miteinander im Kinderzimmer inmitten einer anderen wundersamen Welt. Beide ganz bei sich. Und doch als verbinde sie ein unsichtbares Band, aus dem Joel sich ausgeschlossen fühlte.

Lilys und auch Momos Einladungen, sich selbst einen Platz zu suchen, hatte er immer ausgeschlagen. Warum?

„Ich habe ein eigenes Tor bei dir, oder?"

Lily lächelt. Nickt ganz leicht.

„Darf ich noch durch?"

Es kommt Joel wie eine halbe Ewigkeit vor, bis Lily sich rührt.

„Ja, aber du musst es selbst aufmachen."

Joel fällt ein Riesenstein vom Herzen. Auch wenn er noch nicht weiß, was „selbst aufmachen" heißt. Geschweige denn wie...

Der große Nussknacker. Lily hat das Radelement aus der großen, alten Holzpresse so getauft. Mitten im Fenstersims. Die Sonnenstrahlen treten hindurch. Werfen fantastische Licht- und Schattenspiele in den Raum. Als tanze jemand. Im Licht. Durchs Licht. Mit dem Licht. Licht...

Joel blickt zu Lily zurück, die ihn die ganze Zeit schweigend beobachtet hat.

„Was hat es mit der Geschichte vom Licht wirklich auf sich?"

„Ah, dann doch?! Woher der Sinneswandel?"

Liebevoll neckend drückt Lily Joels Hand fester auf ihre Wange.

„Ich dachte, es sei eure Geschichte."

Lily schüttelt den Kopf und nickt gleichzeitig.

„Jeder hat eine eigene Geschichte. Und manche Protagonisten kommen und gehen. Andere bleiben ein wenig länger. Für immer sind Momente. Die manchmal ein ganzes Leben ab einem bestimmten Augenblick sind."

„Habt ihr noch Kontakt?"

„Seit einer ganzen Weile nicht mehr."

„Warum?"

„Irgendwann begannen meine Zeilen an ihn, im Raum einfach zu verhallen. Es war noch nicht einmal mehr ein Echo zu hören... und dann begriff ich, dass unsere Zeit des nah Seins aus der Ferne vorbei ist."

„Deswegen hast du das Tor geschlossen, den Raum getrennt?"

Nicken.

„Ich musste ganz auf mich zurück fallen. Erstmal mich finden. Um nicht alle, die nah sind, immer ein wenig fern zu halten."

Lily stehen Tränen in den Augen.

„Und dann hau' ich ab, kaum dass du dich anschmiegst...?!"

Schulterzucken und Nicken.

Lily war die ganze Zeit sein Spiegel. Sein Gegenpendel zur Angst vor und dem Wunsch nach totaler Nähe.

„Was, wenn er die Klinke runter drückt und sich gegen das Tor lehnt?"

„Kommt drauf an, was dann dahinter frei ist..."

Lily fährt mit ihren Fingerkuppen sanft über Joels Kinn.

Jetzt ist er es, der sie einfach anschaut. Eine halbe Ewigkeit. Sie wird nur ganz bei ihm sein, wenn er den Schritt zuerst geht.

„Ich liebe dich und ich habe oft eine sagenhafte Angst, du könntest gehen..."

„Was glaubst du sind die zwei elementarsten Gefühle, die uns leiten?"

Joel schaut sie fragend an. Lily hilft nach.

„Warum bist du hierher mitgekommen?"

„Weil ich dich liebe und Angst habe dich zu verlieren."

„Was hat gewonnen?"

Joel lächelt.

„Dass ich dich liebe. Und warum hast du mich mitgenommen?"

„Weil ich dich liebe."

„Was sind die Zeilen von vorhin in all' dem?"

„Ich musste es alles loswerden. Ich möchte ganz frei, ganz bei dir sein."

„Was passiert mit dem Gedicht?"

„Ich schicke es als Flaschenpost aufs Weltenmeer von Zeit und Raum."

„Liest du mir den ersten Teil deiner Geschichte vor?"

Lily zuckt zusammen. Sie zögert. Jetzt hilft Joel ihr weiter.

„Hab' keine Angst. Ich weiß nun, es war. Und dass es deine Geschichte ist. Der zweite Teil, mindestens, ist meiner."

Lily lächelt etwas verlegen.

„Stimmt, ist er. Und schon im Entstehen."

„Dann erzähl' mir, wie du zu mir gefunden hast, okay?!"

„Ja."

Kaum hörbar, aber deutlich.

Joel hat sich seitlich auf den Bauch neben Lily gedreht. Ihre Hand liegt ruhig an seinem Nacken. Ihre Fingerspitzen in seinem Haar. Sie spielt gerne damit, streichelt durch. Doch irgendwann hat sie damit aufgehört. Joel wollte es nicht. Jetzt vermisst er ihre Geste. Erstmals fähig das Gefühl zuzulassen. Wirkliche Zärtlichkeit zu empfinden.

Unsicher wandert seine Hand in Lilys Nacken, sucht mit den Fingern nach ihrer Lieblingsstelle bei ihm. Sein Herz pocht. Mit seiner anderen Hand drückt er ihre Finger leicht in seinen Nacken.

„Eigentlich ist das meine Lieblingsstelle..."

Lily knufft Joel in den Bauch.

„So, Lieblingsstelle. Und deswegen durfte ich nicht dran."

Vorsichtig testet Lily an, ob sie Joel ab hier wohl wirklich streicheln darf.

Er holt sie eng zu sich. Ihre Augen so nah, dass sie sich kaum noch klar erkennen.

„Lies' mir vor."

„Einfach so, ganz von vorne?"

„Ganz von vorne..."

Eng eingekuschelt schlägt Lily den Probedruck vor sich auf.

„Die Entdeckung des Lichts..."

„Heißt das, wir sehen Leon und Mimi nie wieder?"

Lulu bringt ihre Worte kaum hervor, fest in Freds Arm eingehakt. Ohne ihn würde sie wohl aus der Luft fallen. Sprachloses Schulterzucken. Was sich wünschen? Mimi und Leon herbei – oder Lilys und wohl auch Momos Glück? Lulu im Schlepptau, landet Fred in sicherer Entfernung zu Joels Hand, die langsam auf Lilys Rücken von oben nach unten und wieder zurück wandert. Als gleite sie über die Wellen von Lilys Stimme.

Und je länger Lily liest, ihrem Jetzt und Hier näher kommt, desto weiter erscheint es ihr weg. Als sei es wirklich nur eine Geschichte. Ein Buch, das sie zuschlagen und den nächsten Band beginnen kann. Sich des Alten gewiss und doch frei für das Neue. Sie lächelt und hält kurz inne. Deswegen liebt sie wohl leere Notizbücher... Und beginnt manchmal mitten drinnen ein neues.

Wie auf Katzenpfoten ist Momo irgendwann mitten zwischen Lilys und Joels verknotete Beine geklettert. Seinen Eisbär sicher im Arm, mit dessen Pfote er sich selbst unterm Kinn kitzelt. Das liebt er. Verträumt beobachtet er Joel. Was ihn wohl bewegt, sich plötzlich wieder vorlesen zu lassen? Eigentlich kann er doch schon selbst lesen? ... besser nicht jetzt fragen, sonst tut er das womöglich noch.

Und während die Sonne über Stunden von Fenster zu Fenster wandert, Lily, Joel und Momo immer neue Positionen auf dem Sofa finden, zwischendrin Kaffee, Kakao und Kekse her müssen, scheint die Welt draußen immer weiter weg zu rücken – oder anders, die drei, unbemerkt begleitet von Lulu und Fred, immer näher zueinander.

„,... und warum ein antiker Tempel?'
,Weil es die Zeit von Schillers Götterfunke ist. Und so klingt dieser bei Beethoven dann auch – göttlich...'"

Lily schlägt sanft das Buch zu und streichelt Momo über den Kopf. Gespannt blickt er sie an.
„Fertig?"
„Ja" – etwas verwundert. Keine Fragen nach Niki und Noah?

Aber Momo ist längst um die Ecke im Nachbarraum. Es rumpelt und poltert.
„Alles gut, ich schaffe das alleine! ... Augen zu, ganz feste – und nicht aufmachen bis ich es sage, ja?!"
„Okay."

Joel und Lily wie aus einem Mund. Dass auch Lulu und Fred intuitiv geantwortet haben, hat keiner gehört.

Taps, taps, taps und aufs Sofa zurück. Eine Hand von Lily, eine von Joel. Etwas Weiches darauf. Da ist also Momos vermisstes Kopfkissen. Winken vor ihren Augen. Sie haben Wort gehalten, die sind zu.

„Auf drei dürft ihr sie aufmachen. Eins, zwei – auf!"

Lily schüttelt ihren Kopf, Augen zu, wieder auf, wieder zu, wieder auf. Da ist er wirklich. Der Weltenglobus.

„Ganz einfach – Niki und ich haben die beiden Welten aufgeteilt, dann müssen wir uns wiederfinden. So wie du und Noah!"

Momo steht mit ausgestreckten Armen und Händen stolz über der Weltenkugel.
„Ihr wart ja Kinder. Und seid euch als Kinder des Lichts wiederbegegnet."

Lily blickt Joel entgegen, völlig überrumpelt von der Leichtigkeit ihres Sohns. Klar, so einfach kann es sein... und Joel greift den Ball auf, stupst Lily sanft auf die Nase.
„Na, dann ist es wohl Zeit für das Erwachsenwerden... Kinder des Lichts..."
Und als brauche er selbst einen kleinen Stupser, drückt Momo beiden einen dicken, lauten Kuss auf die Wange. Na los, Lily küssen...

„Ein Königreich, ja?!"

„Ein ganzes..."

„Ganz für uns."

„Und darin lassen wir die Burgen und Schlösser wieder in altem Glanz erscheinen, die Tempel und Theater wieder erklingen, die Drachen aus ihrem Jahrtausendschlaf erwachen, die Wälder wieder flüstern, die Flüsse und Seen wieder erzählen, die Gnome und Trolle unter Donnergrollen die Steine über ihren Höhleneingängen öffnen, die Zauberer unter uns ihre funkelnden Gewänder anlegen, wir unsere Elfenseelen frei, und werden wieder mit den Tieren sprechen können..."

„Du bist der König, ganz nach deinen Wünschen. Ich komponiere nur die Melodie dazu..."

„Und ich schließe das Tor hinter mir, es ist meins."

„Ganz deins..."

Momo blickt Lily und Joel an. Merkwürdig sind die Erwachsenen schon manchmal. Aber gefühlt ist jetzt alles im Lot. Wenn sie sich also verstehen... ein Königreich. Dann ist er wohl der Prinz, auch gut.

Dornröschenschlaf

Hoch oben auf einem wunderschönen, braunen Hengst. Ohne Sattel. Mit Sattel? Nein, ohne. Quer über die Wiesen im Galopp. Seinen Eisbär würde er sich auf seinen Rücken schnallen. Dessen Augen funkeln auf. Als würde er plötzlich wirklich zum Leben erweckt. Momo lacht. Nur für sich. Da ist es wieder. Und wieder. Er lässt los, betrachtet die sonst einfach tiefschwarzen Eisbäraugen bis ihre Konturen verschwimmen. Ihr Funkeln zu Sternen am Himmel einer fernen Welt wird. Er, als Prinz auf See. Des Nachts unter einem fantastischen Himmel. Unterwegs entgegen dem leichten Sommerwind. Seine Segel tragen ihn in umgekehrter Richtung. Als kehre eine höhere Macht die Kräfte um. Vorne am Schiffsbug mit ausgestreckten Armen. Als fliege er schwerelos übers Wasser. Das Steuerrad hat sich im Moment der unsichtbaren Kraftentfaltung von selbst neu ausgerichtet. Und hält nun Kurs. Momos Herz schlägt höher. Er fühlt eine eigenwillige Präsenz. Weit über sich hinaus. Aber aufs Engste mit ihm verbunden. Intuitiv schließt er seine Augen. Lauscht dem Hallen seines Herzschlags im scheinbar unendlichen Raum vor ihm.

Lulu und Fred sind in der Luft regelrecht erstarrt. Sie leuchten wie nie zuvor. In diesem Moment begreift Fred zum ersten Mal das ihm bislang Unaussprechliche. Warum jene Menschen mit diesem Funken des ewigen Lichts in sich das Lebenslicht der Feen sind. Nur sie können das Tor zur Welt weit nach ihrer Zeit öffnen. Wo sind sie also gerade? Auf dem Weg? Aber von wo nach wo? Also auch im eigenen Sein. Plötzlich überfällt Fred eine unbekannte Mischung aus Melancholie und Vorfreude. Liebevoll mustert er Lulu von der Seite. Wie wird sie das auffassen? Begreift sie es überhaupt schon? Fred zuckt zusammen. Sie sind noch nicht vollzählig.

„Lulu, wir müssen..."

Schwups ist sie bei ihm. „... Joels Fee finden. Er hat sie vorhin eigentlich mit seinem Herzen gerufen. Aber etwas muss passiert sein."

Plötzlich übernimmt Lulu. Generationswechsel, einfach so. Etwas sagen? Es hinnehmen? Sich alt fühlen? Die abgegebene Verantwortung genießen? Selbst Fliegen klappt aber noch gut... auch wenn Lulu Freds Hand derart fest hält, als ziehe sie einen kleinen, verträumten Feenjungen hinter sich her.

Wo suchen? Was könnte ein Anhaltspunkt sein? Joel hat ein kleines Holzdöschen. Mit Löchern im Deckel. Lulu konnte nur erkennen, dass etwas darin ist.

Quer durchs Zimmer, einmal, zweimal, puh, endlich.

„Fred, zusammen mit aller Kraft auf drei. Eins, zwei, hoch!"

Als der kleine Deckel endlich über den Scheitelpunkt hinweg gestemmt ist, kippt er wie von selbst in die andere Richtung. Und reißt Lulu und Fred mit. Die gerade rechtzeitig loslassen. Und etwas verdutzt auf ihrem Hosenboden auf einer Holzkante landen.

Fred wird es schwer ums Herz. Eingekauert um einen kleinen Stein liegt eine wunderschöne Fee regungslos vor ihm. Sind sie zu spät? Wird Lilys und Joels Glück nur von kurzer Dauer sein?

Lulu dagegen schaut einfach. Sie ist sich sicher, sie muss nur drauf kommen. Der Stein übt eine eigenwillige Anziehung auf sie aus. Er scheint eine Form zu haben.

„Sie hält einen Drachen im Arm."

Fred schüttelt den Kopf. Und was tut das jetzt zur Sache?

„Du hast uns doch von den Steinen erzählt?!"

Nicken.

„Fred, könntest du dich bitte konzentrieren?!"

Das darf doch nicht wahr sein. Jetzt plötzlich sentimental werden, während Eile mit Weile geboten ist.

„Was für ein Stein ist das?"

„Ein chinesischer Jade."

„Und weiter?"

„Der Jade ist uralt. In ihm schlummert etwas vom ewigen Leben. Manche glauben, es sei der Stein des Herzens."

Der Stein des Herzens.

Lulu schubst Fred von der Kante. Das wird sonst heute nichts mehr. Dieser landet vor Schreck gerade noch neben und nicht auf der regungslosen Feendame.

„Na, dann tu' mal etwas in Sachen Herzensangelegenheit."

Darin war Fred noch nie gut, meint er zumindest. Mimi hatte ihm alles abgenommen.

Herrgott, das kann doch nicht so schwer sein. Lulu packt Fred, drückt ihn runter, drapiert ihn regelrecht bis er die Feendame im Arm hält. Aber anstatt, dass der Groschen fällt, ist Fred wie versteinert. Zwei Steine ist einer zu viel gerade...

„Würdest du sie jetzt bitte küssen?"

„Ich soll' was?"

Lulu ist kurz davor auszuflippen. Aber das wäre jetzt nicht gut.

„Soll ich helfen oder weggucken?"

Schulterzucken.

„Okay, ich halte mir die Hände vor die Augen und zähle bis drei. Wehe, du vermasselst das!"

Geduldig wartet sie, bis Fred die Dame in seinem Arm ausreichend gemustert hat. Einfach so küssen? Lulu jetzt nicht gehorchen?

„Also, los geht's. Eins, zwei, drei. Küss' sie!"

Wie befohlen.

Fred weicht zurück. Kaum hat er ihre Lippen berührt, regt sich ihr ganzer Körper. Sie blinzelt.

„Woher wusstest du, dass es so geht?"

„Noch nie etwas von Dornröschen gehört?"

Klar, die ganzen Märchen. Eigentlich einmal für Große geschrieben und im Laufe der Zeit für die Kinder genutzt... und?! Fragender Blick.

„Dein Lebenslicht hat es uns erzählt – erinnerst du dich nicht?"

Lulu wartet, ob Fred Lilys Worte wieder in den Sinn kommen. Hoffnungslos heute.

„Albert Einstein sinngemäß: möchte man intelligente Kinder, sollte man ihnen Märchen und Fabeln vorlesen. Für noch intelligentere Kinder, mehr davon."

Richtig, als Lily klein war, lasen ihr Uropa und ihre Großeltern ihr tagein tagaus Märchen und Fabeln vor. Dass das zu etwas nütze war...

„Welche Zeit haben wir?"

Oh ja, da ist ja jemand erwacht.

„Welche Zeit in welchem Sinne? Tag, Monat, Jahr?"

„Nein, welche Weltenzeit?"

Weltenzeit? Was in aller Welt weiß dieses wunderschöne Wesen in seinem Arm, das er nicht weiß?

Fred zuckt mit den Schultern. Vielleicht von vorne anfangen.

„Ich bin Fred. Und das ist Lulu."

„Ike."

„Der Stein. Er leuchtet auf!"

Lulu traut ihren Augen nicht.

„Es wurde auch Zeit. Er war schon ganz kalt und finster. Ich habe ihn so lange es ging gewärmt. Aber irgendwann bin ich dann vor Erschöpfung eingeschlafen... das muss lange her sein."

Ike schaut Fred und Lulu von oben nach unten und zurück an.

Nah und nah

Lily blinzelt im Mondlicht zu Joel. Zuhause kann sie ihn im Schlaf nicht sehen. Die Vorhänge sind wegen der Straßenbeleuchtung zu. Seine Hand auf ihrem Bauch, noch genau wie beim Einschlafen. Zum ersten Mal ohne sein T-Shirt neben ihr. Sie liebt den Geruch und das Gefühl seiner Haut. Aber nicht im Schlaf einfach streicheln und stören.

Ihre Gedanken gehen durcheinander. Jetzt ist er nah. Sie hat nicht mehr damit gerechnet. Und hat sich deswegen unvorsichtig ihm an anderen Stellen geöffnet in letzter Zeit. Erzählt, wenn er gefragt hat. Von Dingen, die lange vorbei und eigentlich egal sind.

„Was ist mit dir? Warum bist du wach?"

Lily zuckt zusammen.

„Hey, ich wollte dich nicht wecken."

„Hast du nicht, ich habe geträumt."

„Ich hätte dir nicht so viel von früher erzählen sollen. Jetzt ist es mir peinlich."

„Am Anfang wollte ich es wissen, dann plötzlich nicht mehr."

„Das habe ich gespürt. Und das hat mich verunsichert."

Joel beugt sich über Lily, streichelt ihr übers Gesicht.

„Gibt es für dich Dinge, bei denen du zugleich weißt, dass es nicht deine Schuld war und du dich doch schuldig fühlst oder dafür schämst?"

„Ja."

„Dann solltest du mir davon erzählen, dann sind wir quitt."

Liebevoll aber bestimmt, wie Lily eben ist. Joel kommt ihr in diesen Dingen so überlegen vor.

„Aber nur ein oder zwei Geschichten."

„Dann aber die schlimmsten."

„Sicher, dass du mich dann noch liebst?!"

„Wenn sie schlimm genug sind."

Lily erschrickt. Joel scheint plötzlich Angst zu haben. Verunsichert zu sein. Durch irgendeine Erinnerung. Doch keine gute Idee? Oder erst recht? Eigentlich geht es einem danach besser. Bis auf dass man sich etwas komisch fühlt... aber dafür frei. Leichter. Sich mehr traut. Zutraut.

Sich selbst näher ist. Man überhaupt erst man selbst ist? Weil man loslässt, nicht mehr etwas in einem kontrollieren muss? Dann erst wirklich nah sein kann, weil alles aus dem Weg geräumt ist? Ist er ihr doch gar nicht so überlegen in diesen Dingen?

Lily berührt ganz vorsichtig Joels Lippen. Streichelt über seine Wange, die Schläfe, die Stirn. Blickt ihn an. Sie ist jetzt und hier wirklich bei ihm. Als sei sie vorher nie woanders, bei jemand anderem gewesen.

Vielleicht hat er doch die richtigen Fragen gestellt. Vielleicht war es doch richtig zu antworten. Erst ihm laut. Dann immer öfter nur ganz leise. In Gedanken. Irgendwann ohne Worte.

„Leg' dich neben mich auf deinen Bauch und schau' mich an."
Sanft mit ihren Lippen auf Joels nackten Oberarm. Mit den Fingern durch sein Haar, über seinen Nacken, die Wirbelsäule entlang.

„Erzähl' – nur so viel du wirklich magst, ich streichle es weg."

Joel legt Lilys andere Hand unter seine Wange. Und beginnt zu erzählen. Erst zögerlich. Und dann einfach wie es ihm in den Sinn kommt. Durcheinander, geordnet – geordnet, durcheinander – usw. Irgendwann schlafen sie beide ein. Lily halb auf Joels Rücken. Er ihre Hand fest unter seiner Wange.

Der Stein der Weisen

Ike hätte Joel fast nicht wiedererkannt. Äußerlich. Gespürt hat sie ihn sofort. Sie muss lange geschlafen haben. Und obwohl ihr Fred und Lulu noch recht fremd sind, hat sie ein eigenwillig tiefes Vertrauen zu ihnen. Das sie so noch nie erinnert. Aber immerhin haben die beiden sie gefunden und geweckt. Gerettet. Also müssen ihre Lebenslichter auch Joels Rettung sein, Lily und Momo wie Ike nun weiß. Aber Rettung wovor? Ike fröstelt es bei dem Gedanken an den kalten, dunklen Stein in ihrem Arm.

Nur langsam blitzen Erinnerungen in ihr auf. Wie Einzelteile eines Puzzles, die zufällig durch etwas im Hier und Jetzt umgedreht werden. Fred schmiegt sie fest ein. Einmal eine Dame wirklich retten. Da ist man(n) doch gleich ein wirklicher Feenkönig. Er war traurig bei der Verabschiedung von Mimi, wie ein- oder zweimal zuvor bei anderen Damen. Aber festhalten und bei sich behalten – beides war ihm fremd, bis jetzt.

Lulu schielt verschmitzt zu den beiden neben sich. Na, da scheint Fred ja die Welt neu für sich zu entdecken. Besser spät als nie. Immerhin versteht sie nun, warum sie ihm von dem Teil nie etwas verraten hat. Leon... sie vermisst ihn unaussprechlich. Doch durch Ike hat sich ihre Angst von vorhin plötzlich in die Gewissheit, auf dem Weg zu ihm zu sein, gewandelt. Wundersame Verwandlung der Dinge. Die ziemlich rätselhaft ist. Lulu lässt verträumt die in ihrem und dem Mondlicht aufblitzenden Staubkörnchen mit sanften Stupsern durch die Luft tanzen. Wie bei den Wolken am Himmel malt sie sich in ihren Formationen

Phantasiegebilde aus. Manchmal gelingen ihr kleine Windhosen. Ausgedreht fallen sie plötzlich zu Formen in die Luft. Wie Momo es beim Bleigießen ihr gezeigt hat. Vor einer ganzen Weile. Ob sie sich auch etwas wünschen kann? Augen zu und Luft andrehen. Und wenn der eigene Windhauch nachlässt, schnell Augen auf und gucken. Wieder und wieder. Bis Lulu in einer Art Trance ihre ganze innere Welt in die Luft projiziert. Ihr die Tränen runterlaufen, weil sie Leon so sehr vermisst. Es ihr erscheint als zwinkere er ihr zu. Wolle sie zum Lachen bringen. Sie lächelt. Und schubst die Staubkörner in der Luft im Takt, lässt sie sich kaum noch setzen. Wie gebannt blickt sie wieder und wieder auf. Eigenwillig vertraut, kann sie doch nicht erkennen, was sich ihr zeigt. Als leuchte die Lichtfigur im Inneren. Aber es sind doch nur Lichtreflexe. Wieder. Und wieder. Und wieder. Bis ihr selbst fast schwindelig ist. Und in dem Augenblick begreift sie, was sie sieht. Ikes Stein.

„Warum hast du den Stein gewärmt und geschützt?"
Ike dreht sich verwundert zu Lulu. Warum? Was erinnert sie nicht?
„Ich habe den Stein in meinen Luftformationen gesehen."
Fred nimmt beide bei der Hand und fliegt einfach Richtung Stein. Berühren hilft, hat er ja heute gelernt. Verdutzt bleibt er in der Luft stehen. Sein Licht scheint heller zu werden. Jetzt zieht Ike die beiden hinter sich her. Einer inneren Stimme folgend.

„Er ist wieder warm."
Fred und Lulu tun es ihr gleich und legen eine Hand auf den Stein. Der plötzlich wie lebendig wirkt. Sein Licht formiert sich in seiner Mitte. Und

mit einem Mal tritt eine wundersame Lichtgestalt hervor. Augen wischen, noch mal. Das ist sie wirklich. Wie in Lilys und Noahs Träumen.

„Wer bist du wirklich?"

Lulu wie immer vorneweg und geradeheraus.

„Das ewige Licht. Auch für euch."

„Wo sind deine vier Begleiter?"

„Sie sind die Gestalten der Menschen, der Spiegel ihres Glaubens."

Richtig, Fred erinnert sich.

Ike schaut fassungslos zu. Ihr ist bis hierhin die Lichtgestalt noch nie begegnet. Jetzt aber kommt sie aus ihrem Stein. Ihrem Stein?

„Ihr müsst die Steine finden."

„Und dann?"

Genaue Infos helfen gewöhnlich.

„Bringt sie zueinander."

„Okay, und weiter?"

„Gemeinsam sind sie der Stein der Weisen…"

Und damit verschwindet die Lichtgestalt, genau wie sie gekommen war.

Jetzt ist Ike wirklich gefragt. Es heißt sich zu erinnern.

Wundersam

Die Morgensonne hat Momo wach gekitzelt. Vorsichtig die Augen auf. Seine Mama könnte schon am Bett stehen. Und dann wäre es doch zu schade, das morgendliche ‚ich bin viel zu verschlafen'-Spiel ausfallen zu lassen. Aber keiner in Sicht. Genau horchen. Auch nichts. Ein Auge unterm Eisbär ganz auf. Nichts. Noch nicht einmal Schattenbewegungen. Eisbär weg. Zweites Auge auf. Wirklich nichts. Füßchen aus der Decke und rein in die Hausschuhe. Der Boden ist kalt in der alten, umgebauten Holzgarage für den alten Traktor und anderes Gerät. Taps, taps, taps. Schnell und leise bis an die Stufe zum kleinen Nebenraum. Durch den Türspalt sieht alles noch ganz dunkel aus. Schwups. Hindurch schlüpfen.

Momo bleibt wie versteinert stehen. So eingekuschelt im Schlaf hat er seine Mama und Joel noch nie gesehen. Sonst war immer Platz zwischen den beiden. Auch wenn er trotzdem lieber zu Lily unter die Decke schlüpfte.

Ganz leise wandert Momo um das Bett herum. Er möchte Joels Gesicht sehen. Auf Lilys Hand ruhend.

Mit der Zeit gewöhnt Momo sich an die Dunkelheit. Und da ist es plötzlich. Diese Ruhe und dieses Glück, das er bei seiner Mama im Arm empfindet. Endlich auch bei Joel.

Ohne drüber nachzudenken klettert Momo einfach auf das Knäuel von Lily und Joel drauf und schließt beide in seine Arme. Die natürlich mit einem Schlag wach sind. Aber Momo drückt sie so fest zusammen, dass Lily und Joel nur mit Mühe zumindest einen Arm frei bekommen. Beide über Momo drüber. Da sind sie nun also, zu dritt.

Momo und Joel mustern sich, als müssten sie ein ganzes Königreich unter sich aufteilen. Oder zusammen regieren. Lily wartet ab, besser nicht einmischen in Männerangelegenheiten. Und Joel fragt sich, wer hier wohl wen am Wickel hat, so fest wie Momos Fingerchen in seinen Haaren sitzen.

„Wenn man – also als richtiger Mann – groß ist, dann kuschelt man immer noch so gerne wie wenn man ein Kind-Mann ist, oder?"

Lily lacht. Hat Momo Joel deswegen die ganze Zeit beobachtet, wenn er in ihrer Nähe war? Um herauszufinden, was das Großwerden mit ihm macht? Und nicht weil er Joels Nähe zu Lily nicht mochte?

Joel nickt verlegen.
„Ja, wenn man(n) ehrlich zu sich ist."
„Aber hast du früher mit deiner Mama nicht gekuschelt? Oder es vergessen?"

Lily hält die Luft an. Sie hat sich bislang nicht getraut, näher nach Joels Eltern zu fragen. Es gibt oder gab sie zumindest. Bei ihm stehen ein paar Familienfotos aus Kindertagen. Und manchmal erwähnt er sie flüchtig. Ruhig, aber seltsam zurückhaltend. Vielleicht sogar traurig.

„Ich habe meine Mama nie wirklich kennengelernt. Sie war sehr jung als ich zur Welt kam. Und ihre Eltern haben sie überredet, mich zur Adoption freizugeben. In ein wohlhabendes Elternhaus, damit es mir an nichts fehlt."

„Was ist Adoption?"

Richtig, Momo kann das Wort noch nicht kennen.

„Na ja, wenn eine Frau und ein Mann sich sehr lieben und Kinder wünschen, aber vielleicht selbst keine bekommen können, dann schenken sie einem anderen Kind ohne Zuhause so etwas wie Familie."

‚So etwas wie Familie.' Lily streichelt sanft über Joels Wange. Und Momo blickt ihn nachdenklich an.

„Aber deine neue Mama, hat die nicht mit dir gekuschelt? Ich habe dich doch auch ganz doll lieb, obwohl du nicht mein echter Papa bist. Aber so etwas wie Auch-Mein-Papa."

Joel stutzt über Momo. Vielleicht hat das kleine Kerlchen ihn viel lieber als er es sehen konnte?

„Doch, lange war alles gut. Auch wenn es sich manchmal anfühlte als seien meine Eltern von einem anderen Planeten als ich. Ich habe sogar eine kleine Schwester bekommen, ein ‚echtes' Kind von den beiden."

Joel holt tief Luft.

„Irgendwann in der Schule, da war ich mehr als doppelt so alt wie du jetzt, sollten wir mit unseren Eltern aufschreiben, was wir von ihnen haben."

„So wie ich von meiner Mama das ‚auf den Zehenspitzen durch die Wohnung Tanzen'?!"

Joel lächelt.

„Ja genau, solche Dinge. Oder auch dass ihr beide auf die gleiche Art einen mit euren Blicken durchbohren könnt, ohne einen Funken preiszugeben, was dabei in euch vorgeht."

Lily blickt Joel liebevoll an und formt mit ihren Lippen ‚ich liebe dich'.

Weiter im Text...!

„Je länger ich vor unseren Fotos saß und versuchte Gemeinsamkeiten zu finden, desto verunsicherter war ich. Und auch mit meiner Schwester waren sie einfach nicht da. Sie half mir beim Suchen. Abends haben wir dann unsere Eltern gefragt, wie das sein kann."

Joel ist überrascht über Lilys und Momos Wärme und Ruhe. Sie hören ihm einfach zu. Und sind da. Ganz nah.

„An dem Abend half nur Ehrlichkeit. Auch wenn die ganz furchtbar wehtat. Und ich von da an erst einmal keine Umarmung, keine Nähe, nichts mehr von meinen Eltern wollte. Ich fühlte mich total verraten. Und wusste einfach nicht mehr, was ich ihnen glauben sollte, wenn sie mich von Anfang an mit etwas so Wichtigem belogen hatten."

Meint seine Mama deswegen immer ‚ehrlich währt am längsten'? Eigentlich wird sie auch nur richtig sauer, wenn Momo flunkert, nicht wenn er ordentlichen Mist gebaut hat. Dann muss er nur beim Aufräumen helfen, oder sich anderen erklären, sich entschuldigen oder sonst etwas arg Anstrengendem tun.

„Weißt du denn, wer deine richtige Mama ist?"
Momo blickt Joel erwartungsvoll an.

„Nein."

Schweigen. Aber Lily spürt Joels Anspannung, vielleicht auch Fassungslosigkeit.

„Hast du nie darüber nachgedacht, es herauszufinden und sie einmal zu besuchen?"

„Doch."

Ganz leise und zaghaft.

„Aber was, wenn sie mich selbst auch nicht wollte?"

Momo kuschelt Joel liebevoll ein.

„Wir helfen dir suchen. Und kommen mit, ja?!"

Lily nickt zustimmend.

Jetzt ist es Joel, der Lily und Momo ganz fest in seine Arme schließt. Beide zusammen.

„Milchbrei! Ich bin erster in der Küche!" Und damit springt Momo vom Bett und flitzt los.

„Und für mich einen Kaffee, na ja, zwei... Wir haben wohl einen aufregenden Tag vor uns."

Drachenherz

Ike ist völlig in sich zusammengebrochen. Ihr laufen die Tränen über die Wangen. Sie ist total erschöpft. Und fassungslos. Alles ein wenig viel auf einmal.

Die Erinnerungen. An Joels unsagbaren Schmerz. An ihre Hilflosigkeit, damals, und sie ist wieder da. Noch unerklärlicher.

Erschrocken blickt sie zu Fred und Lulu, die sie liebevoll betrachten. Eigentlich kennt sie den Umgang mit anderen Feen gar nicht. Der nächste Sturzbach an Tränen. Nicken, Kopf schütteln, nicken, Kopf schütteln usw.. Verstehen wollen, aber nicht verstehen. Und doch wissen, tief in ihrem Herzen. Sie hat Angst.
Lulu streichelt ihr über den Rücken. Vorsichtig über den Kopf.

„Erinnerst du die Lebenslichter von Joels Adoptiveltern?"
Kopfschütteln.
Mh.
„Ob überhaupt welche da waren?"
Kopfschütteln. Und Schluchzen.
„Da war niemand."
Lulu zuckt aus tiefstem Herzen zusammen.
„Du warst mit Joel alleine?"

Plötzlich richtet Ike sich auf. Stimmt, drei Jahre lang hatte sie Joel, also danach auch noch, aber sie konnten nicht mehr miteinander sprechen.

„Wusstest du überhaupt, dass es uns, also uns Feen gibt und wer du wirklich bist? Wie hast du dein Licht und deine Erscheinung entdeckt?"
Lulu ist ganz aufgeregt, wie ein so wunderschönes Wesen das alles für sich alleine gefunden haben kann. Ike ist völlig überfordert. Weinen,

stoppen, gucken, weggucken, weinen, schulterzucken, lächeln bei Erinnerungen. Sie hält inne. Das Licht. Mehr die Lichtgestalt. Sie hatte sie wirklich noch nie bewusst gesehen. Aber in ihren Träumen in der ersten Zeit, also solange sie noch richtig schlief, da war auch manchmal eine wundersame Lichtgestalt, die mit ihr sprach.

Ein wenig schüchtern richtet sie ihren Blick auf Fred. Nein, doch. Vielleicht. Ein wenig. Nicht so wie er jetzt aussieht. Aber sein Wesen, wie sich seine Ausstrahlung anfühlt, ist ihr seltsam vertraut.

Kaum begegnet Fred ihrem Blick, stoppen seine Gedanken. Einfach so. Er kann sie nicht zurückholen. Im nächsten Moment durchströmt ihn ein klares Gefühl, eine Art Wissen ohne Worte, gedachte Sinnzusammenhänge, wie er es noch nie erlebt hat. Seine Hand vorsichtig nach vorne, offen. Ike berührt sie sanft, neugierig und doch zögerlich.

„Anfangs dachte ich, ich sei alleine. Mit Joel. Zumindest in unserer Welt. Als er plötzlich nicht mehr mit mir sprach, zerbrach erstmal meine Welt. Aber ich spürte ihn umso klarer. Konnte seine Gedanken hören. Und darin kam ich vor, ganz oft und viel. Seltsamerweise. Also blieb ich."
Ups, da kommen wieder die Tränen.
„Und als wir erfuhren, dass er adoptiert ist, begriff ich, dass ich wahrscheinlich auch nicht alleine bin."

Wow, Lulu plumpst auf ihren Hosenboden. Das ist als hätte sie ohne Leon und Fred bis hier und weiter gemusst? Und die erste Berührung durch eine andere Fee, dann gleich ein Kuss von einem Mann nach einem Dornröschenschlaf. Dafür ist sie aber wirklich noch ziemlich gefasst. Lulu beantwortet Freds liebevoll strengen Blick für ihr Drängeln an dem Punkt mit einem Schuldbewussten ‚hat doch geklappt'-Zurückschauen.

„Es tut mir leid, ich..."

Aber Ike unterbricht Fred.

„Nein, es war richtig. Es steht so geschrieben. Wie es wirklich ist, weiß man erst, wenn es tatsächlich passiert."

„Es steht so geschrieben?"

„Und woher kannst du lesen, wenn du alleine warst?"

Lulu hat gerne eine gewisse Logik in den Dingen.

Ike lacht.

„Es klingt verrückt. Eine Art Lichtgestalt, wie die, die aus dem Stein kam, hat mich bis ich wieder eingeschlafen bin in so einer Art Traumzustand tagein und tagaus besucht. Mich ein seltsames Vertrauen in meine Intuition gelehrt. Ich habe mit Joel einfach mitgelernt, das Lesen, Schreiben usw. und da ich ja irgendwann nicht mehr schlief, wurde ich erfinderisch, so dass Bücher nachts offen lagen. Baute mir eine kleine Konstruktion um die Seiten umzublättern."

„Aber wo steht das von uns hier geschrieben?"

Lulu hält die lange Version nicht aus.

„Im Buch der Steine und ihrer Wesen. Die Ursteine sind die Druidensteine, aus einer Zeit als noch kein höheres Wesen auf dieser Erde lebte. Sie waren vor den Wesen. Sozusagen die ersten Wesen. Und haben diese auf ewig in sich eingeschlossen. Deswegen wirken sie. Auf uns und auf die... Menschen, ja, Menschen sind es jetzt."

Fred ist sprachlos. Trägt Ike jenes Wissen in sich, das ihnen die ganze Zeit (noch) fehlte?

Er führt ihre Hand an sein Gesicht und berührt sie mit seinen Lippen. Einfach weitersprechen bitte. Er ist auch ganz still. Und Lulu hoffentlich auch.

Blau wie der Himmel

Als husche die Lichtgestalt direkt vor ihren Augen entlang, entgleitet Ikes Blick langsam dem Hier und Jetzt. Steine funkeln vor ihr auf. Grüner Achat. Ein Tansanit. Ein Aquamarin. Ein chinesischer Jade. Ein Sonnenstein. Ein braun-roter Jaspis. Woher kommen diese Bilder plötzlich? Konzentrieren, sehen wollen, hilft beides nicht.

Fred schließt Ike in seine Arme. Sie einfach halten. Und tatsächlich, sie lässt los. Und mit ihr Fred und Lulu. Tagtraum. Traumtag.

Da ist sie wieder, die Lichtgestalt. Wandelt vor dem inneren Auge der drei durch einen Garten. So pracht- und geheimnisvoll wie man es sich wohl nur ausmalen kann. Ein Windstoß, direkt ins Gesicht der drei aneinander geschmiegten Feengestalten. Wirklich unwirklich?

Ein marmorner Säulengang. Ein altes Bad darin. Gefüllt mit Blütenblättern als würden sie hier nie verwelken. Sondern erst zu ihrem Leben erweckt. Sanft gebettet auf etwas Grünem. Als atme das Leben selbst unter ihnen.

Und wieder ein Windhauch. Wie die antiken Tempel der Griechen, diese wundersame Architektur am höchsten Punkt einer Felsklippe. Zur einen Seite Täler, länger als das Auge weit schauen kann. Zur anderen Seite Wasser, weiter als das Auge lang blicken kann. Und beides verbunden durch Flussbette, die im Laufe des Jahres und der Zeit kommen und gehen. Von hoch oben scheinbar unerreichbar. Das jeweilige Plateau ist immer nur von der anderen Ebene fern. Eben tief oder hoch.

Ob man einen Stein fallen und aufkommen hören würde? Lulus Neugierde siegt wieder einmal. Klarste Gedanken im Traum.

„Ganz recht mein Kind, es ist zu weit. Der Stein würde im Laufe der Zeit von oben nach unten verhallen."

„Als sei das Tal aus einer anderen Welt, weit weg und scheinbar unerreichbar. Aber dabei sehen wir es doch."

Lulu blickt die Lichtgestalt innerlich erwartungsvoll an.

„Außerdem spüre ich es."

Worte in Gedanken.

„Was spürst du?"

Mit einer eigenwilligen Strenge einer erwachsenen Dame, mitfühlend, und doch die junge Dame die Kämpfe ihres Herzens selbst ausfechten lassen.

Lulu ahnt: auch wenn es ihr missfällt, besser mitmachen. In Gedanken sprechen.

„Die Düfte hier. Sie sind mir eigenartig vertraut und doch fremd. Als erzählten sie von einem Geheimnis, das sie doch nicht zu lüften gedenken."

„Nur Mut. Weiter. Folge ihnen."

Und damit löst sich aus Lulus träumenden Körper eine Lichtgestalt ihrer selbst. Erschrocken blickt sie auf sich. Was ist das? Ist sie jetzt tot? Genau prüfen. Nein, sie atmet. Und die anderen beiden daneben auch. Hat die Lichtgestalt sie mit einem Zauber belegt? Und was ist mit den anderen beiden?

Anstupsen. Hey, die schlafen, oder so ähnlich.

Sehr gut.

Die Lichtgestalt ist verblüfft über Lulus Zutrauen. Letztlich in sich selbst. Ihre kecken Augen warten geduldig, bis sie einander wirklich anschauen. Das erste Mal von Angesicht zu Angesicht.

„Okay."

Setzt Lulu an.

„Soweit blicke ich das ganze jetzt. Wenn ich erst einmal im Herzen alle Gesetze der Wahrscheinlichkeit außer Kraft setze, spüre ich, dass diese doch nichts weiter als ein Konstrukt unseres Verstands sind. Mit anderen Worten: wir wollen immer nur sehen, was wir zu verstehen glauben und uns doch unbegreiflich ist. Und so bleibt uns nur, zu glauben was wir zu wissen meinen, um das dann doch jederzeit wieder in Frage zu stellen."

Lulu nickt zufrieden. Von wegen Fred hat die Weisheit der Welt gepachtet. Weiter im Text.

„Schwierig wird's also nur, wenn man nicht glaubt.

Glaubt man aber, so weiß man, dass Wissen zu revidieren nur bedeutet, dass sich einem immer neue Erkenntnisse offenbaren. Das ist die Ebene des Verstehens, die nicht bewusst zu erfassen ist.

Der Stein, der fällt. Werfe ich einen, weiß ich, er kommt an, weil ich daran glaube. Aber ich würde ihn auf dem Weg nach unten aus den Augen verlieren, nicht ankommen hören, und genau diesen wahrscheinlich unten nie finden. Aber ich weiß, er ist da. Erst hier oben, dann da unten..."

Seltsam. Lulu begreift erst im Klang ihrer eigenen Worte, dass sie hier wohl nicht würde fliegen können, sondern auf dem Weg des Steins zu Tode käme. Aber warum?

Sie geht – Moment sie geht – auf das Becken voller Blütenblätter zu. Hockt sich davor. Ihre Hand lässt die Farben noch heller erscheinen.

„Berühr' sie, mein Kind."

Lulu blickt auf. Eine seltsame Wärme plötzlich in der Stimme der Lichtgestalt.

Ein wundersam tiefes Blau. Das ist es. Kaum hebt sie das Blütenblatt in ihre Hand, leuchtet es so grell auf, dass Lulu, selbst Licht, ihre Augen schließen muss. Vor Erstaunen diese aber sofort wieder öffnet. Das Blütenblatt scheint schwerer in ihrer Hand. Und als habe es seine Form verändert. Ein in wunderschönstem Blau strahlender Tansanit.

„Momos Augen."

„Ja, es ist sein Stein."

Lulu nickt.

„Ich muss also Momos Steindrachen aus Tansanit finden?"

„Ganz recht."

„Und diesen nimm' mit. Es ist deiner."

Erst jetzt bemerkt Lulu, dass Fred und Ike ihr in Lichtgestalt inzwischen gefolgt sind. Und als Ike von einem Lichtreflex des Steins in Lulus Hand im Auge getroffen wird, beginnt sie einfach zu erzählen.
„Ich erinnere.
Das Sonnenlicht.
Grell wie nur an Tagen nach reinigendem Regen mitten im Sommer.

Wir waren außer Atem vom Laufen,
unsere Hände ineinander greifend,
einander halten,
berühren.

Es war jemand bei mir.
Dessen Nähe meinen Worten einen ungewohnten Halt
in meiner inneren Welt gab,
als hole er sie nur hervor."

Ike zuckt zusammen, streicht mit den Händen über ihr Kleid, als suche sie etwas darin oder darunter. Und...

„Eine alte Münze,
mit zwei Seiten,
geteilt in zwei Hälften.
Wie eine Muschel,
die nur einmal zusammen passt

und sich nie verliert."

Die Lichtgestalt vor ihnen leuchtet vor Erstaunen kurz ganz hell auf, kaum hält Ike die beiden Münzteile passgenau zusammen. Lulu entgeht nichts. Alles scheint immer mehr wie ein Puzzle. Ein riesengroßes, quer durch Raum und Zeit. Wenn nicht nur Steine, sondern auch noch Münzen irgendwie ins Spiel kommen. Ikes Stimme verändert sich.

„Das Flimmern der Luft direkt über dem Gestein des Bodens
noch erhitzt von der Wüstensonne des Tages.
Nun umschwärmt von der hereinbrechenden Abendfrische,
ehe die Nachtkälte übers Land zieht
und die Sterne zum Funkeln bringt.

Wir holten unser Wasser mit Ledertrögen aus der Erde.
An den geheimen Orten war es direkt unter uns.
Ohne Schatzkarte unauffindbar.
Das Gold der Wüste.

Die Einsamkeit dort,
es ist ein Ort der Zweisamkeit mit sich,
oft schweigend,
und doch voller Gedanken.
Man ist im Selbstgespräch.

Nur eine seltsame Vertrautheit mit den unbekannten Begleitern,
die wie ich wussten,

mein Leben ist ihres und umgekehrt.

Denn alleine überlebt hier niemand.

Wir passierten Schluchten voller geheimer Zeiten,

deren Zeugnis sich in diesen verlassenen und vergessenen Orten verbirgt.

Die heute geheimnisvoll anmuten und nur jenen zugänglich sind,

die aus ihrer Welt aufgebrochen sind,

um in ferne Welten zu reisen. Vielleicht für immer.

Dorthin wo niemand sich hin verirrt.

Einen niemand findet.

Man sich nur selbst finden kann."

Ike hebt ein wunderschönes, grünes Blütenblatt – ja, ein grünes Blütenblatt – vor ihr aus dem Blütenmeer. Wieder scheint die Lichtgestalt
überrascht. Die Wüstendame... Ike ist nicht mehr zu stoppen.

Was war, ist jetzt wieder.

In ihren Worten.

Durch ihre Worte.

„Und immer wieder ruft der Wind,

kündigt einen Sturm an.

Unerbittlich und grausam den Sand aufwirbelnd,

der wieder alles unter eine sanfte Sandschicht legen wird.

Wie ein Gewitter plötzlich vorbei.

Damit die Nachböen den Sand sogleich zu kleinen Haufen und Hügeln

zusammentragen.

Und alles fein und sauber geschliffen, in neuem Glanz offenbart.

Als sei nie jemand zuvor da gewesen.

Und wir aus dem Nichts kommen und dorthin zurückgehen.

Unser Weg verweht in den ewigen Gezeiten des Wüstenmeeres.

Ein Schauspiel wie es nur jene lieben,

die den Moment der Ewigkeit suchen.

Die Wüste, als sei sie meine Heimat.

Ein Ort ohne Zeit.

Und dabei sind die Sanduhren mit die ältesten Uhren...

Wenn man dann weiterzieht,

die langen Schatten auf dem Wüstensand vor, neben, hinter einem betrachtet,

die im Takt des Voranschreitens mitfließen und sogleich wieder vergehen,

und manchmal eigenwillig unabhängig wirken,

wenn sie an den Kuppen der Sanddünen brechen und fallen,

und die Sanddünen für einen Augenblick wie Wellen auf dem Meer zu

Leben erwecken.

Irgendwann kommt man in Städte der Wüste.

Seltsam eingefügt in Bergformationen,

rund und sanft gewaschen vom Wüstensand,

und den Zeiten,

dem unendlichen Kommen und Gehen.

Wenn man wieder weiterzieht,

ist man im Sein des Hier und Jetzt angekommen.

Und kommt an Orte jenseits dieser Welt.

Begleitet von Gedanken, klar wie das Wasser in den geheimen Schluchten.

Wo es unerwartet kühl ist.

Eine Decke aus Kamelhaar wärmt.

Irgendwann beginnt der Glaube.

An sich selbst.

Dann kann man heimkehren.

Und sein, wo man hingehört.

In den Armen eines geliebten Menschen.

Ich erinnere die Abreise.

Das rhythmische Schlagen der Pferdehufe auf dem Asphalt,

sie trommelten,

als klinge ein Ruf aus dem ewigen Raum

im Takt des Trabs.

Wieder erwacht,

zumindest fühlt es sich so an,

bin ich an einem anderen Ende der Welt.

Ein märchenhafter Nebel regungslos über dem winterlich gefrorenen Grün um den See, dessen Eis wie ein einzelner Eisstern aussieht.

Das Sonnenlicht bricht an der Oberfläche des Winternebels.

Als liege alles darunter in einem unendlichen Schlaf.

Lautlos.

Regungslos.

Und da begreife ich

die unendliche Weite der Wüste,

deren Salzreservoire seltsam anmuten,

wie Schneefelder in eisigen Wintermonaten in den Zwischenhöhen,

die nun vor mir liegen.

Nach Wochen ohne Neuschnee,

wenn der Wind alles davonzufegen beginnt,

die Erde hervorholt,

kahl und mitten im Winterschlaf.

Wie unter dem Salz,

das alles konserviert

fast für die Ewigkeit."

Ike holt tief Luft. Und öffnet ihre Hand mit dem Blütenblatt. Das mit einem hellen Lichtkegel sich vor ihren Augen zu einem chinesischen Jade verwandelt. Nur Fred ist sich noch nicht im Klaren, was er wirklich sieht. Das wiederum ist ihm seltsam bewusst. Wenn zwei neben ihm plus eine immer wiederkehrende Lichtgestalt ihn schweigend anschauen anstatt zu reden... mh. Ein fragender Blick in die Runde.

Nichts. Keine Hilfe von den Damen.

Stattdessen beginnt Ike, mit ihren Füßen die Blütenblätter sanft in die Luft zu stupsen. Und für Fred gefühlt nach einer halben Ewigkeit, spricht sie weiter.
Endlich.

„Die Liebe.
Unerbittlich, wenn man sie abschütteln möchte.
Unerreichbar, wenn man sie braucht.
Und immer anderer, eigener Meinung."

Pause. Herzbubbern bei Fred. Tief Luft holen.

„Naturelemente.
Welches ist das meine?
Welches das deine?"

Ikes Hand mit dem Stein direkt vor ihm.

„Treffen grün und blau wie in den Bergen an Seen zusammen, so bin ich zuhause.
Nur das Braun der Erde und der Baumstämme kann diese beiden Urelemente zusammenhalten.
Und beide sind sie nur im Licht.
Die Pflanzen in ihrem Grün,
den lebenswichtigen Sauerstoff bringend,

ohne Licht dagegen, toxisches Kohlendioxid aus unserer Atemluft bildend und langsam gelblich verblassend – bis hin zum Braun von Mutter Erde.

Das Wasser blau wie der Himmel."

Fred greift wie in Zeitlupe zielsicher nach einem hellblauen Blütenblatt. Selbst noch verwundert über seine Worte, schließt er die Hand darüber. Blickt keck in die Dreierrunde – und hält seine Hand hoch. Finger um Finger auf. Ein Lichtkegel. Und ein wunderschöner Aquamarin.

„Lily!"
Freds Stimme ganz klar. Ike dreht die Augen gegen den Himmel. Die falsche Frau. Aber sei's drum, fürs erste...
„Lily, sie hat einen ganz kleinen Drachen aus diesem Stein, den sie hütet wie einen Schatz. In einem kleinen Holzkästchen. Das, wie sie sagt, durch die Jahrhunderte, vielleicht Jahrtausende gereist ist. Konserviert im Salz der Meere..."
Oh, das könnte sogar spannend sein. Ike vergisst, dass sie soeben noch beleidigt war.
„Lily hat erzählt, dass man früher Treibholz aus dem Meer für Altäre und Schatzkisten nutzte. Das Salz darin konserviert es."

Fred blickt die Lichtgestalt gespannt an.
„Sag' uns, wundersames Wesen, warum schweigst du so lange und beobachtest uns nur?"

Unerwartet schüchtern setzt die Lichtgestalt ein ums andere Mal an etwas zu sagen. Bleibt dann aber doch still. Und setzt sich einfach zu den dreien. Direkt neben Lulu. Die plötzlich ein Licht in sich spürt, das sie in Gedanken leitet. Als klinge eine seltsame Melodie von anderswo in ihr.

Lulu hebt ihren Kopf und blickt der Lichtgestalt in die Augen.

„Welcher ist dein Stein?"

„Ich bin aller Steine einer und ganz viele."

„Zeig' es mir."

Und damit hebt Lulu einfach so viele Blütenblätter sie eben greifen kann und lässt sie eins nach dem anderen über die Hand der Lichtgestalt gleiten. Tatsächlich. Jedes Blütenblatt leuchtet für den Moment der Berührung als Stein auf, fällt aber in seiner Ursprungsform zurück ins Blütenmeer.

„,Hebt einen Stein, und ich werde da sein' – hast du das gesagt?"

„Woher kennst du das?"

„Lily, sie hat es Momo erzählt. Als er wissen wollte, wo..."

Ja wo, was eigentlich?

„Wo seine Uroma jetzt ist, und warum da ein großer Stein auf ihrem Grab steht."

Mh, irgendwie ist das verworren. Lulu hat bislang nicht wirklich drüber nachgedacht.

„Kann jemand wieder da sein, wenn man einen Stein hebt?"

Allseitiges Kopfschütteln.

„Aber du bist aus dem Stein in Ikes Armen plötzlich gekommen. Also bist du da, wenn man einen Stein hebt."

Lulu blickt die Lichtgestalt fest an und streichelt dabei sanft über den Tansanit in ihrer Hand.

„Wahrscheinlich nicht irgendeinen Stein. Man muss seinen Stein finden."

Sie kneift die Augen zusammen, um genau zu sehen wie die Lichtgestalt reagiert.

„Du bist überall und nirgendwo, richtig?"

Nicken.

„Ich glaube..."

Und bei dem Wort funkelt das ganze Blütenmeer einmal in hellstem Licht auf und es scheint, als klingen tausende und abertausende Steine in einem einzig wundersamen Ton miteinander.

„Was glaubst du mein Kind?"

„Ich glaube, dass du das ewige Licht bist. Und dass wir es alle, also auch Momo, Lily, Joel, Noah, Niki und ihre Mama, in uns finden müssen. Denn nur so können wir dich sehen. Du bist wir. Und wir sind du. Und die Steine..."

Ja, was sind die Steine? Irgendein Teil ihres Lebenslichts, soviel ist klar. Aber welcher?

Ohnmacht

Niki blickt ihrem Papa entgegen. Seit einer Weile ist er eigenwillig still. Manchmal traurig. Und doch irgendwie ganz nah. Liebevoll. Ruhig. Auch mit Mama.

Sie rutscht von ihrem selbstgebauten Kissenberg. Vielleicht hilft das.

Mit einem riesigen Kuscheldecken-Knäuel stolziert Niki bis vor Noah. Sie kann ihn kaum sehen vor lauter Decke. Aber lange genug tapfer stehenbleiben hilft noch immer. Er nimmt sie dann schon hoch. Auch wenn sie eigentlich inzwischen alt genug für selbst laufen und hochklettern ist. Meint er zumindest. Aber zwei können auch zwei unterschiedliche Meinungen haben. Egal jetzt. Jetzt ist etwas anderes wichtiger.

Kaum auf Noahs Schoß legt Niki das Deckenbündel behutsam auf ihren Knien ab. Und schnappt sich Noahs Hand. Bahnt mit der anderen einen Tunnel in die Decke. Wegziehen ist nicht. Auch wenn Noah neulich plötzlich auf diesem Wege eine Begegnung der dritten Art mit einem Gummi-Gelee-Monster hatte.

Und da ist auch schon Nikis zweite Hand, die aus dem Deckentunnel heraus seine Finger packt. Und zieht. Erst im letzten Moment lässt Niki Noahs Hand frei und schiebt mit der äußeren Hand nach.

Glatt, warm. Rund. Ein Ball? Was wird das wieder? Nikis Phantasie sind oft keine Grenzen gesetzt. Aber sie ist zu ruhig, zu geduldig.

Noah streichelt über die Oberfläche. Und stockt. Eine kleine Delle. Wieder und wieder. Der Globus sollte doch bei Momo sein.

Sanft neigt er seinen Kopf, bis seine Lippen das Haar seiner Tochter berühren. Sie hat sich längst ganz gegen ihn gelehnt.

„Niki?!"
Mehr bringt Noah nicht hervor.

Arme und Händchen von sich gestreckt zur Untermauerung ihrer Worte.

„Momo und ich haben die Welten unter uns aufgeteilt. Dann müssen wir uns nämlich auch wiederfinden. So wie du und Lily!"

Wow, so klar und vorwurfsvoll kann wirklich nur Niki ihm sagen: ‚so nicht!'

Noah schluckt.

„Und weiter?"

„Na ja, du bist ja eher in dieser Welt zuhause, deswegen habe ich unsere Erde. Damit kann ich dich wenigstens erinnern."

Niki scheint ihm noch immer gelegentlich einen Schritt voraus. Zweite Hand her. Auch in die Decke und auf den Globus. Und geschickt zwischen seinen Armen rausklettern. Schwups runter vom Sofa. Und mit einem ordentlichen Rumms die Tür hinter sich zu. Das beherrscht sie neuerdings also auch schon. Türenknallen. Offensichtlich kalkuliert, weil Noah jetzt wohl kaum hinter ihr herkommt zum Schimpfen.

Vorsichtig holt er die Erdenkugel aus der Decke hervor. Doch sie verschwimmt direkt vor seinen Augen. Nichts hier möchte er tauschen. Nicht zurück. Und doch vermisst er Lily unsagbar. Unfähig ihr zu antworten. Als sei sie noch einmal kurz die Option auf ein anderes Leben gewesen. Wären nicht Niki und Momo da, ohne die sie sich wahrscheinlich gar nicht wieder begegnet wären.

Noah sucht nach dem Gefühl von Lily in seinem Arm. Dieser eigenwilligen Vertrautheit. Ihrem Zögern sich einfach anzuschmiegen – warum eigentlich? Er hat sie nie gefragt.

Erwachen

Wie kleine Funken treten die Sonnenstrahlen durch Joels geschlossene Augenlider. Leuchten auf in seinen Gedanken. Nah und doch gerade noch fern von der Welt. Der Augenblick des Träumens. Des Seins in sich. Unwirklich und doch realer als jedes Sein in der Welt in dem Moment. Das Zirpen der Grillen – das sanfte Summen des ewigen Raums. Unendlich blau. Ein Blau wie nicht von dieser Welt. Dunkel und doch leuchtend. Klar und doch nicht eindeutig zu erkennen. Fern und doch ganz nah.

Ein Klang nicht von dieser Welt

eine sanfte Knabenstimme
rein wie aus einer anderen Zeit
zaghaft und doch bestimmt
als ertöne sie mehr innen denn außen
ganz ohne Echo oder Hall
unüberhörbar
als lasse sie alle anderen Klänge der Welt verstummen
eine Weißgoldmünze in seiner Hand
nicht von dieser Welt

aber auch nicht von einer anderen

Schneeflocken treiben im Morgengrauen

zwischen den eisbedeckten Felsen

lautlos und doch im Takt einer zweiten Münze

eine Welten- und Sternenkarte

aus zigfachen Ringen

passgenau umeinander gelegt

und doch nicht ein Bild ergebend

ein Schiff wie von Geisterhand getragen

über die Dünen des Wüstensands gleitend

als folge es einem Ruf

im Morgengrauen hissen sie die Segel

einer inneren Stimme der Gezeiten folgend

sanft dreht sie die Münze in ihren Händen

streicht mit ihren Fingern darüber

als folge sie einer unsichtbar eingravierten Melodie

sanft berührt er ihre Haare

ob sie ihn überhaupt bemerkt hat

ein Lichtermeer aus tausenden von Booten

seltsam schwebend übers stille Wasser

angetrieben von kleinen Ballons

ein Hund
ein Schlüsselring in seinem Maul
klingend im Takt der Münze mittendrin

liebst du mich
ja
liebst du mich
ja

ein bezaubernd blaues Kleid
mit königlichen Stickereien
wie sie einst die Könige im fernen China trugen
eingenäht eine Münze

und erst als die zwölfte Münze erklingt
getragen von den Wellen bis an den Strand
wo ein kleines Mädchen sie verwundert aufhebt
schwingen sie rund um die Welt miteinander im Takt
und lassen die Zeit im Rhythmus des Raums ticken

als poche ein Herz
jenseits allen Seins
dem Ursprung allen Seins
hier und jetzt
das Herz der Drachen

in diesem Augenblick rühren sich die Gesteinsdrachen

als seien sie aus einem sanften Schlaf soeben erwacht

einem Jahrhundert-, vielleicht Jahrtausendschlaf

als hätten sie nur auf den Ruf der Herzen gewartet

jenen den nur das ewige Licht der Herzen erklingen lassen kann

und so stimmen sie ein

in den Gesang der zaghaften Knabenstimme

der nichts anderes singt als ihr Lied

tief aus seinem Herzen

weil er dort im Moment der Finsternis ein Licht verspürt

das nur er selbst finden kann

und so schmiegt er die Münze in seiner einen Hand

gegen den kleinen Drachenstein in seiner anderen

hebt einen Stein

und ich werde da sein

ich hebe einen Stein

und bin da

ups, stimmt

ich stehe hier

und eigentlich ist alles gerade ganz gut

vorsichtig einen Fuß vor

und noch einen

immer noch gut

und weiter

Schwerelos

„Mama?!"

Lily sitzt vor Schreck sofort senkrecht im Bett. Es ist mitten in der Nacht.

Momos Kopf glüht. Sein Händchen wandert zu Lily. Er sucht nach Halt. Es ist lange her, dass er wirklich krank war. Seine Augen sind ganz matt. Sie sind ein eingespieltes Team. Momo weiß, er muss jetzt trinken, auch wenn er eigentlich nicht mag. Lily richtet ihn auf und nimmt ihn vorsichtig vor sich in den Arm. Becher an den Mund, und Schluck für Schluck. Bis er, vor Erschöpfung an Lily gelehnt, einfach wieder einnickt. So geht es Stunde um Stunde. Erst als die Morgendämmerung sich schon ankündigt, schlafen Momo und Lily nebeneinander tief ein.

Joel streichelt Lily sanft über die Wange. Momos rote Wangen verraten, dass er krank ist.

„Er hat richtig hohes Fieber. Und der Fiebersaft hilft kaum. Bleibst du hier, dann dusche ich auch schnell und wir fahren zum Arzt?!"

Zögern, aus Unsicherheit.

„Keine Angst, du schaffst das. Er möchte einfach nur, dass jemand bei ihm ist."

Und während Lily sich langsam aus Momos Umklammerung löst und an Joel übergibt, blinzelt Momo kurz auf. Joel zuckt zusammen. So kennt er die sonst kleinen, wachen Augen nicht. Momo greift seine Hand, zieht sie unter seinen Bauch und schläft einfach weiter. Jetzt noch eine halbwegs bequeme Position für die nächste halbe Stunde finden...

„Du kannst ihn einfach hochheben und zu dir nehmen, nur ohne Decke und die Waden offen."

Überforderung ist kein Wort für das, was Joel gerade empfindet. Aber warum? Momo ist nur krank. Einmal tief Luft holen und los. Tatsächlich, Momo lässt sich einfach hochheben, sein Körper ganz matt.

Kaum dass Joel seine Position gefunden hat, ruckelt Momo sich mit einem tiefen Seufzer in Joels Arm zurecht.

Joel hebt Momo in seinen Armen hoch. Er hat noch nie ein Kind getragen... Schritt um Schritt nach vorne. Und alle paar Schritte auf dem kurzen Weg zum Auto öffnen sich ihm immer neue Welten. Wie auf langen Touren im Gebirge. Nur dass es seine inneren Welten sind.

Und je näher er sich kommt, desto fester drückt er Momo in seinen Armen an sich. Der zu seiner Verwunderung immer leichter zu werden scheint. Dieses kleine Energiebündel, das nun so kraftlos scheint.

Von Gottes Gnade

Momo bleibt verdutzt stehen.

„Da regnet es doch rein?!"

Von dem ganzen Schnee ganz zu schweigen, der sich im Winter wie langsam rieselnder Puderzucker im Turm ohne Dach von unten nach oben bestimmt auftürmt. Und hier ist es lange Winter. Die ersten Sommerblumen öffnen hier erst jetzt ihr buntes Gewand, während es heute Morgen bei der Abfahrt zuhause schon nach gemähten Wiesen roch. „Und irgendwer hat das Dach einfach aufgeklappt. Oder vergessen zuzuklappen. Und dann ist es versteinert."

Momo faltet vor seinem inneren Auge die Papiermodelle von Türmen und Hochhäusern auf und zu. Wenn man die Klebeleisten nach innen geknickt hat – na ja, eher Lily für ihn – dann stehen die vier Seiten von den Pyramidendächern immer wie die Zacken einer Krone in die Luft. Der Moment der Krönung des Bauwerks. Feierlich zu zelebrieren mit Keksen und Milch, bis Momos Finger so voller Krümel sind, dass Lily sein Bauwerk vollenden muss. Aber wofür gibt es Baumeister. Die tun, was der Architekt möchte, wenn sie gut sind... aber hier – in echt? „War der liebe Gott das? Hat er einfach aufgehört und das Dach nicht zugeklappt?"
Immerhin liegt die kleine Kirche so, dass nur der liebe Gott und die Vögel reingucken können. Auf einem kleinen Hügel außerhalb des Dorfes, inmitten des Tals zwischen ganz vielen, ganz hohen Bergen.
Momo drückt seinen Eisbär fest vor seine Brust. Und schiebt seine Hand in die seiner Mama. Dann kann er sich so schön auspendeln. Leider immer nur mit einem Bein. Aber immerhin mit Schwung. Dabei denkt es sich leichter und besser.
„Warum hat keiner das Dach für den lieben Gott zugeklappt? Der musste bestimmt schnell woanders hin."

Kopf zur Seite legen, dann sieht die Welt gleich schon ganz anders aus.

Oh, oder besser „aber vielleicht wollte der liebe Gott auch, dass es offen ist, damit er reingucken kann."

Warum sollte er das tun? Was würde er darin sehen, was er nicht sowieso sieht?

„Und das Kreuz oben auf dem Turm hat er auch nicht angebracht."

Wie auch ohne Turmspitze...

Momo lässt sich mit dem ganzen Körper zur Seite kippen, sicher an Lilys Hand. Verrückt. Jetzt sieht der offene Kirchturm wie die Spitze von einem seiner selbstgebauten Raumschiffe aus. Das ist es! Ein verstecktes Raumschiff auf Erden... Momo lächelt.

Und die Berge, die eben noch ganz groß und fast unbezwingbar um ihn wirkten, sind jetzt plötzlich kleiner. Er ist mit seiner Mama und Joel am äußersten Ende der Welt angekommen. Von hier geht's los. Oder man kann hier landen. Wie immer nur eine Frage der Perspektive.

Endlich versteht er zumindest diesen einen Satz in dem, was die Großen im Gottesdienst manchmal sagen: ‚... dein Reich komme, wie im Himmel so auf Erden.' Im Himmel ist es also schon, und damit es auf Erden auch kommen kann, muss es natürlich nach oben offene Kirchtürme geben.

Flieg'

Merle lehnt bäuchlings am Fenstersims.

ein verträumter Moment

innehalten

ihren Gedanken nachhängen

mehr dem was sie sieht einfach zuschauen

sich davon tragen lassen

von diesen wundersamen Augen

die sie sanft anblicken

als seien sie sicher hinter einer Maske

erleuchtet von einem Licht

gegen den Schatten

der sein Gesicht umhüllt

wer ist er

was tut er dort

warum ist er da

und schaut sie an

sie hat vergessen, warum sie hier steht

die Stimmen der Gäste dringen durch die Tür

eigenwillig nah und doch fern

als sei sie auf einem Maskenball

bei dem jeder im anderen jemanden zu erkennen glaubt

und sich doch nie sicher ist

es sei denn vertraute Gesten verraten Momente der Intimität

und wer ist sie

wer möchte sie sein

Prinzessin

Königin

Angebetete

Verehrte

Begehrte

Geliebte

woher diese Gedanken

warum blickt er sie an

als lese er ihre Gedanken

mehr noch als steuere er sie in eine ihr seltsam fremde Richtung

warum trägt er diesen Hut

was verbirgt er darunter

sich

oder etwas an sich

worauf wartet er

seine Ruhe irritiert sie

verunsichert sie fast

und genau in dem Augenblick fliegen die Erinnerungen wie Bilder

vor ihren Augen entlang

sie muss lachen

erst über sich

dann über die gegenwärtige Szene

und schließlich über ihr Maskeradenspiel

jetzt und vorhin

klar, das muss er sein

der Mann hinter den tausend Masken

die er alle selbst gefertigt hat

wie aus tausend und eine Nacht

nur hier im Land der Drachen

eine wundersamer als die nächste

voller Phantasie aus einer anderen Welt

Farben wie sie nur in Märchen wahr sein können

Seidenstoffe voller Zauber

als hätten Raupen sie aus Zeit und Raum gesponnen

um den Klang der Welt einzufangen

blau

rot

grün

gelb

weiß

schwarz

in immer neuen Melodien

in immer neuen Rhythmen

in immer neuen Harmonien

im Angesicht tausender Drachengesichter

Augen voller Licht

sanft und weich

und doch so klar und brillant

dass es mit dem bloßen Auge nicht zu sehen ist

so wenig wie unser Leuchten

das jedes einzelnen

und unser aller

das hat er ihr gesagt

und jetzt versteht sie es

wie er da steht und sie aus dem Dunkeln mit leuchtenden Augen anschaut

als habe er ein tausendfaches Leuchten in sich aufgenommen

um nun sie an ihr Licht zu erinnern

er würde ihr einen Drachenkopf weben

ganz nach ihrem Wesen

Tränen treten ihr in die Augen

lassen alles verschwimmen

auch ihn

ein Funkeln

so hell wie nur etwas Reflektierendes leuchten kann

da ist es

ihr Leuchten

so hell, dass ihr nun die Tränen vor Freude die Wange hinunterlaufen

sie die Augen frei wischt

und nach unten blickt

er lacht

nickt

und lüftet seinen Hut

mit einer eleganten Gentleman-geste

ja

sie wird kommen

morgen

vielleicht übermorgen

aber ganz sicher

und zwischen den tausend Drachenköpfen

ihren zeigen

sie lacht

ist es so einfach

spielen

mit den Gedanken

sie frei lassen

sein wer man ist

hinter einer Maske

demaskiert

im Angesicht jener, die dahinter blicken

um einem die Maske des wahren Ichs zu schenken

wie ein Spiegelbild

wieder nur sichtbar für die anderen

es sei denn

man nimmt die Maske ab

und schaut sich selbst in die Augen

demaskiert

sie lacht

fröhlich, frei, heiter

und doch zaghaft zurückhaltend

ganz Dame

passend zu ihrem eleganten Kleid

schimmernd wie es nur Naturseide kann

als sei sie scharf wie Diamantenstaub

und weich wie eine Wolke aus Blütenstaub

ja

so wird es sein

ihr Drachengesicht

so ist sie

je nachdem von welcher Seite man schaut

und wie das Licht gerade fällt

welche Facette ihres Gemüts man gerade berührt

das Gedankenspiel gefällt ihr

sie nickt ihm zu

ich bin ein Drache

einer ihrer Drachen

sie müssen ihn nur noch erschaffen

mit einem herzlich kecken Nicken verabschiedet sie sich

er setzt seinen Hut auf

und verschwindet

im Eingang direkt unter ihr

wird sie ihn gleich erkennen

seine Augen im Licht

das blendet

und nicht leuchtet

im Dunkeln ist gut Munkeln

was wenn einer den Stecker zieht

die Sicherung durchbrennt

bitsch

Fallen

Seine Gedanken sind abgedriftet. Der Blick in eine Ferne weit jenseits des wunderschönen Abendhimmels am Horizont gerichtet. Egal wo er ist, diese eigenwillige Sehnsucht, fast eine Art Unruhe in ihm. Noah schließt die Augen. Lässt los. Sich fallen. Und fällt. In einen Strudel der

Erinnerungen – Ereignisse und Gefühle überschlagen sich in ihm. Warum? Was übersieht er?

Es sei richtig zu gehen. Lilys Worte. Noah ist schwindelig. Kaum angekommen, hat das Leben ihn wieder auf Reisen geschickt. Seine Hände greifen innerlich ins Leere.

Ein abendlicher Vogelschrei. Augen auf, aus Reflex. Ein Farbspiel am Horizont wie nicht von dieser Welt. Noah fröstelt, gerade noch die abendliche Kühle herbeisehnend. Wie der Raum damals. Das Licht im Dunkeln. Das er durch Lily gefunden hat. Auch in sich. Ohne sie scheint es ihm wie von einer Art Dunkelheit wieder verschluckt.

Seine Augen brennen. Seit Tagen. Und je länger er das erlöschende Licht am Horizont genau zu erkennen versucht, desto schmerzhafter wird es. Bis ihm die Tränen in die Augen treten. Und er sie schließen muss. Ob er will oder nicht. Einmal am Laufen, laufen die Tränen.

Warum fällt es ihm so schwer zu weinen? Loszulassen, wenn es wehtut? Oder wenn es besonders schön ist? Beides ist für ihn wie ein haltloses Fallen im endlosen Raum. Nur bei Lily nicht. Wenn sie wirklich da war. Er sie spüren konnte. Durfte.

Szene um Szene, teils Wort um Wort in ihren Begegnungen in dieser und jener Welt spielen sich wieder und wieder vor seinem inneren Auge ab. Zwischen seinen Fingern in seiner Hosentasche der kleine Drache aus Sonnenstein. Sie hat einfach seine Hand geöffnet und sie sanft wieder darüber geschlossen.

Noah erschrickt. Merle schiebt erst ihre eine, dann ihre andere Hand unter seine Arme. Nimmt Noah vorsichtig langsam in den Arm. Er unfähig sich zu rühren. Bis sie ihren Kopf seitlich an seine Brust legt. Und sein Herz pochen hört. Seine Lippen auf ihrer Stirn.

„Hörst du mich?"
Stille.
„Ja."
„Was war da, dass du nicht zur Ruhe kommst? Nicht hier sein kannst?"
Noah schluckt. Hat Niki Merle von Lily und Momo erzählt – und sie bis hierhin geschwiegen?
„Ich hätte dir selbst davon erzählen sollen."
„Das hast du."
Noah wird schwindelig.
„Was meinst du damit?"
„Du redest neuerdings nachts beim Träumen."
„Und Niki?"
„Die redet mit mir, auch wenn sie wach ist."
Jetzt ist Noah um die Umarmung seiner Frau froh. Alleine würde er umkippen.
„Habt ihr euch auch alleine gesehen?"
„Nur einmal."
Pause.
„Und als ich ihr von hier erzählt habe."

„Was hat sie gesagt?"

„Dass es richtig ist zu gehen. Mit euch."

Merle wird aus Noahs Worten nicht recht schlau.

„Habt ihr noch Kontakt?"

„Nein."

Langes Schweigen. Irgendwann löst Noah seine Starre und schließt Merle in seine Arme.

„Da war nichts, das dich oder uns berührt hätte. Lily hat mich auf eine seltsame Weise erinnert, wach gerüttelt ... und jetzt habe ich keine Ahnung wie weiter ... manchmal habe ich nur noch das Gefühl zu fallen, in irgendeine endlose Weite. Als hätte ich das Fliegen und Navigieren verlernt."

Merle schweigt. Sie hört und hört doch nicht, was Noah sagt. Es ist ihr, als sei sie plötzlich schwerelos. Seine jetzt ruhigen Atemzüge tragen sie wie sanfte Wellen auf See.

Am Rande des Sonnensystems

ein Ort der Stille
der totalen Finsternis
des absoluten Lichts
des Klanges der Welt
wenn sie entsteht
und verhallt

Lilys Finger fliegen über die Tastatur. Joel ist eingeschlafen, sie fest im Griff. Ans Handy ist sie noch dran gekommen...

gleich dem Gesang der Wale
wenn sie die Weltenmeere durchkreuzen
und mit ihren Gesängen zum Klingen bringen
was eigentlich lautlos daherkommt

das Wasser des Lebens
unser ewiges Sein
in dem wir zum Leben erweckt werden
das uns zurücknimmt
im Spiel der Gezeiten
um uns anderenorts und zu anderer Zeit
wieder an Land zu spülen
und uns emporsteigen lässt
aus dem unendlichen Fluss aus Raum und Zeit
um für einen kurzen Moment zu sein
wer wir sind

Joel stupst mit seiner Nase gegen Lilys Haare. Und mit ganz leiser Stimme fährt er fort.

wenn wir uns trauen
den Kopf über Wasser zu nehmen
und Ausschau zu halten
in der scheinbaren Unendlichkeit des ewigen Seins

um die Endlichkeit unseres Seins im Hier und Jetzt zu begreifen

um zu sein

hier und jetzt

wer wir sind

im Strom der Gezeiten

von Geburt und Tod

von Suchen und Finden

von uns im Angesicht unserer Nächsten

die uns fern manchmal ganz nah

und nah uns mitunter ganz fern erscheinen

Lily hält gebannt inne. Ihre Finger auf der Tastatur bereit, um seine Worte weiter festzuhalten.

wenn eine innere Stimme uns aufbrechen lässt

während wir uns nach Ankommen sehnen

wenn wir plötzlich da sind

inmitten einer Reise

der Weg also das Ziel ist

wir beginnen inne zu halten

sind im Hier und Jetzt

mit jenen die da sind

in unserem Herzen

fern oder ganz nah

Stille. Lily spürt, wie Joels Hände nach Halt unter ihrem Pullover auf ihrem Bauch suchen. Inzwischen kennt sie diese Geste. Die offene

Hand direkt unter ihrem Bauchnabel. Seitdem Momo ihm gezeigt hat, wo er war, ehe er nun ‚er selbst alleine sein kann'. Langsam tippt sie weiter.

in uns

jenem Ort

derer es gibt so viele es uns gibt

der unsere eigentliche Reise ist

hier auf Erden

kaum blicken wir aus dem Urelement der Weltenmeere hervor

und tun unseren ersten Schrei

um das Lebenselixier der Ströme in uns zu atmen

ehe diese uns wieder aufnehmen

in den ewigen Fluss der Zeit

das Nichts allen Seins

aus dem wir hervorgehen

tritt ein Funke über

und entschleunigt das ewige Licht für einen Augenblick

lässt Raum entstehen

unseren Raum des immer wieder individuellen Seins

wenn ich ‚ich' bin

und du ‚du' bist

damit wir ‚wir' sein können

Lily liebt es, Joels Gedanken aufzugreifen und mit ihnen zu spielen. Sie weiter- und oft umzuformulieren. Leben und Tod. Liebe und Angst. Nah und fern. Und ihn so dort ankommen zu lassen, wo er hin möchte. Hier und jetzt, bei sich. Joel dreht Lilys Kopf zu sich, bis sie ihn anschaut. Und er ihr einen liebevoll bestimmten Kuss geben kann. Denn das letzte Wort hat er.

Du und ich.

Stadtflug

Bilder wie Fenster zu immer neuen Welten. Immer neuen Zeiten. Momo flitzt durch den Raum. Den Weltenraum. Ganz in seiner Welt. Voller wundersamer Gestalten, die mit Heiligenscheinen Himmels-Frisbee spielen, den gehörnten Faunen heilige Gewänder umlegen, mit kleinen Putten in der Luft Fangen spielen, oder den strengen Herren auf ihren Bildnissen eine Feder unter die Nase halten, bis diese niesen und aus dem Rahmen fallen, die Altarteppiche zu fliegenden Teppichen mit dem Jesusknaben als Piloten machen – vorzugsweise im Sturzflug am lieben Gott vorbei, dass ihm der Bart und die Gewänder um die Ohren wehen bis er aus Freude mit lacht, entlang an den Höllenfeuern von Luzifer, der wie versteinert von der kindlichen Unschuld kurz inne hält, quer durch die Kirchenschiffe des niederländischen Spätbarock... Momo bleibt vor Schreck mitten im Laufschritt stehen. Mit weit aufgerissenen Augen. Und Lily dreht sich nicht minder erschrocken nach ihm um. So ruhig ist er nur, wenn etwas passiert ist. Kein Sturz, in niemanden reingerannt. Nur ein starrer Blick in den nächsten Raum. Den Lily so nicht einsehen kann. Höllenfeuer? Folterbilder? Aber aus der Entfernung? Momo fest im Blick geht Lily auf ihn zu. Kniet sich zu ihm runter. Eine Hand sanft auf ihrer Schulter. Und ein Gesicht so nah vor ihrem, dass sie es nicht erkennen kann. Mitten im Museum, in einer ihnen allen eigentlich fremden Stadt. Lily schließt die Augen.

Noah und Niki.

Alleine?

Sie hat nie nach Merle gefragt, kennt noch nicht einmal ein Bild. Sie jetzt kennen lernen? Joel und Noah bekannt machen? Wie sehr hat sie sich gewünscht, Noah zufällig wiederzusehen. Und jetzt möchte sie am liebsten vom Erdboden verschluckt werden. So tief hat sie alles in sich vergraben.

Noah begreift erst durch Lilys Regungslosigkeit dass er sie wieder einfach berührt. Und wieder ihre Zurückhaltung. Er kniet neben ihr nieder. Begrüßt Momo, der recht verwirrt Lily betrachtet.

„Es tut mir leid!"

Leichtes Nicken.

„Hier ist ein Lichtbild- und ein Dunkelraum..."

„Mama, lass' uns dahin!"

Niki und Momo, Hand in Hand wie in alten Zeiten. Quer durch die Epochen bis zur Gegenwart. Zum Raum.

Und nun wie weiter?

Niki an Noahs Hand, Noahs Hand – mit Hilfe der Kinder – in Lilys Hand, Lilys Hand in Momos. Und Niki und Momo lassen sich los. Jeder an eine Wand des Gangs...

„Auf in die Finsternis..."

Momo liebt es, seine Stimme schauerlich klingen zu lassen. Mitten in der Dunkelheit stacheln die Kleinen sich so lange gegenseitig an, bis sie, als Mutprobe aneinander gekuschelt, die Hände ihrer Eltern loslassen.

Lily steht regungslos im Raum. Schließt die Augen. Noahs regelmäßige Atemzüge. Er kann nicht weit weg stehen. Die Stimmen der Kinder rücken in die Ferne. Lösen sich auf, als würden Wellen sie davontragen.

Noah greift ihre Hand fester und zieht sie vorsichtig zu sich. Widerstand. Anfangs. Kaum dass sie nachgibt und seine Umarmung erwidert, ein sanfter, aber bestimmter Hieb gegen seinen Brustkorb. Lily weiß nicht, was sie fühlen, was sie denken, was sie tun soll. Sie ist wütend. Verletzt. Versteht Noah nicht. Warum diese endlose Stille und jetzt einfach wieder voll da sein? Und das unverabredet. Wie aus dem Nichts. Fast aus Reflex legt Noah seine Hand auf Lilys Wange. Und greift ins Nasse.

„Ich will dir nicht so wehtun. Ich war wie gelähmt. Auch weil du mich weggeschickt hast."

Lily dreht ihr Gesicht in Noahs Hand bis ihre Lippen auf seiner Handinnenfläche ruhen. Männer und ihr Ego...
„Ich habe dich zu deiner Familie, nicht von mir weg geschickt."
Frauen und ihr Ordnungssinn...
„Schon richtig. Aber das war von dir weg."
„Wolltest du da bleiben oder sollte ich mit?"

So genau hatte Noah das eigentlich nie durchdacht.

„Wer ist Joel?"

Lily schweigt. Sagen, dass sie zusammen sind? Dass sie ihn liebt?
Dass er Momos ‚Mama-Papa' ist?

„Das Pendant zu deiner Merle."

Noah hält inne. Klar war es ihm. Er hat den Kindern beim ‚ich erzähl'
dir kurz mein Leben momentan' zugehört.

„Hast du mich vermisst?"

Wumps. Ein wenig fester als beim ersten Mal. Nun hält er lieber Lilys
Hand auf seiner Brust fest.

„Ich weiß einfach nicht wohin mit dem, was in mir vorgeht... manchmal
vermisse ich dich so sehr, dass es mich innerlich zerreißt... dich wie
jetzt bei mir zu haben."

„Du hast Angst?!"

„Ja."

„Der Einzige, der an deinem Platz bei mir rütteln kann, bist du selbst.
Und du bist ziemlich meisterlich darin."

Noah holt tief Luft. Lily ist für einen Augenblick innerlich bei Joel. Wie
sehr sie bei ihm angekommen ist, begreift sie erst jetzt in Noahs Umarmung. Weil dieser sie einen Moment zu sich lässt. Und Lily damit
ganz bei sich selbst ankommen kann. Joel und Noah. In ihr sind sie
vereint. Und doch jeder für sich. Der eine Partner, der andere Freund.
Beide haben Angst, zumindest manchmal, durch den anderen ver-
drängt zu werden. Was Lily plötzlich unmöglich erscheint. Im Gegenteil.
Sie sind in ihr durch den jeweils anderen. Weil sie jeden um ihrer selbst

willen lieben gelernt hat. Und beim einen nicht sucht oder vermisst, was sie beim anderen findet.

„Weiß Merle von unserer Begegnung?"
„Ja, sie hat zuerst etwas anderes dahinter vermutet."
„War es ihr Wunsch, dass du dich nicht mehr meldest?"
„Nein... es war anfangs nicht leicht nach dem Umzug. Sie ist eine Weile nicht an mich dran gekommen. Das wiederum hat sie mich sehr deutlich spüren lassen."
Manchmal schmerzt Ehrlichkeit. Lily schließt ihre Augen wieder. Liebe auch. Und irgendwann tut man sich wohl gegenseitig weh. In diesem Augenblick wird ihr klar, was sie getan hat.
„Es tut mir leid! Ich habe damals nicht begriffen, dass du uns beide nah bei dir gebraucht hättest... ich brauche dich zumindest immer noch."

Noah hat einen Kloß im Hals. Nach einer Weile richtet er Lilys Kopf so auf, dass sie Stirn an Stirn, Nasenspitze an Nasenspitze sich im Dunkeln anschauen. Danach hatte er gesucht. Sein Gefühl hatte ihn nicht getäuscht. Finden würde er es nur bei Lily.
„Ich brauche dich auch. Mehr als ich es in Worte fassen kann. Aber ich weiß nicht wohin mit dir."

Der warme Abendwind bläst Lily entgegen. Ihr Herz pocht, als sie Joels Rückenansicht vor dem großen Spielplatz sieht. Kaum spürt er ihre Hand, zieht er sie zu sich. Sie umarmt ihn von hinten. Plötzlich weiß sie gar nicht mehr, ob sie ihre beiden Welten miteinander in Berührung bringen möchte. Joels vertraute Wärme gibt ihr das Gefühl, endlich aus der riesengroßen Welle, die sie heute überrollt hat, wieder aufzutauchen. Momo war auch schon so schweigsam vorhin. Joel zieht Lily vor sich. Kein Widerstand wie sonst? Sie schmiegt sich ein wie nie zuvor. Nach einer Weile richtet sie ihren Kopf auf und blickt ihn an. Seltsam nah.

„Redest du mit mir heute auch?"

Kopfnicken. Ansetzen. Stocken. Wieder ansetzen. Stocken.

„Wir sind heute im Museum Niki und Noah in die Arme gelaufen. Die Kinder haben sich entdeckt."

Joel setzt sich reflexartig auf die Mauer neben sich. Und nimmt Lily auf seinen Schoß. Seine Hand auf ihren Bauch, sie hält ihre oben drauf. Ihm bleibt jedes Wort im Hals stecken.

„Wir haben abgemacht, dass er Merle und ich dich frage, ob wir uns mit den Kindern gemeinsam treffen. Und nur bei einem einstimmigen Ja tun wir es."

Joel nickt. Schüttelt den Kopf. Nickt. Schüttelt den Kopf und nickt. Zuckt mit den Schultern. In ihm geht alles durcheinander. Aber je länger er mit Lily so da sitzt, desto mehr spürt er, dass seine Angst der Vergangenheit angehört. Sie ist ihm wirklich näher als je zuvor. Und würde sein Nein sofort akzeptieren. Joels Blick wandert zu Momo, der zwar recht zufrieden mit sich und der Welt ausnahmsweise alleine spielt, aber doch immer wieder prüfend zu den beiden schaut. Vielleicht geht es um die Kinder, und nicht um die Erwachsenen.

„Momo?"

Als habe er auf den Startschuss gehört, überschlägt er sich fast auf dem Weg zu Joel und Lily.

„Du hast Niki wieder getroffen?"

Langsames bestimmtes Ja-Nicken.

„Möchtest du, dass ich sie kennen lerne?"

Momo fliegt Joel um den Hals.

„Gibst du mir Noahs Nummer? Ich schreibe ihm."

Lily ist froh, dass sie bereits sitzt. Die zweite Welle des Tages. Aber immerhin hat ihr Retter sie schon sicher im Griff. Das hätte sie Joel nicht zugetraut.

Momo hüpft vor Aufregung von einem Fuß auf den anderen. Dass die hier aber auch keinen Hochgeschwindigkeitsfahrstuhl eingebaut haben. Tür auf, raus. Lily fest im Griff. Und kaum hat er Niki entdeckt, hüpft er auf beiden Füßchen auf und ab. Lily muss nur noch seinem Blick folgen. Und da steht sie. Niki an der Hand von Merle, sie muss es sein.

Joel und Noah haben sich alleine verabredet. In der Stadt. Männerabend. Wie es dazu kam im Gespräch, weiß keiner so recht. Aber damit treffen sich eben auch die Frauen alleine, mit den Kindern selbstverständlich.

Lichtermeer

ein Lichtermeer
wie aus tausend und einer Nacht
Blumen die erst des Nachts ihre wahre Farbenpracht zu offenbaren
scheinen
jeder Schritt ein Funkeln auf dem Boden
als laufe sie über die Sterne selbst

und doch sind sie nur ein Lichtreflex
eben jenes Lichts des heiligen Baumes
das wie ein Hauch der Ewigkeit
als sei es nicht von dieser Welt
tausendfach in der Luft lautlos schwebt
als trage eine sanfte Brise es von hier nach dort und zurück oder anderswo hin
im Rhythmus einer nur mit dem Herzen zu hörenden Melodie
kaum dass diese unsichtbar hellen Lichter einen umschwirren
einhüllen als seien sie ein unsichtbares Tuch aus märchenhafter Seide
das gesponnen soeben wieder verfliegt
wie der Blütenstaub in der Luft

ein Weg so weit wie ein Leben
so nah wie ein Wimpernschlag
alles scheint aufgehoben
Raum
Zeit

Sein

kaum dass sie loslässt

und einfach ist

eine eigenwillige Präsenz

Augen die auf ihr zu ruhen scheinen

ihr aber verborgen sind

eine Stimme die mit ihr spricht

sie aber nicht hören kann

eine sanfte Berührung

die sie aber nicht erwidern kann

nur ihr Herzschlag

seltsam klar und ruhig

schlägt ihr das Herz doch bis zum Hals

bis sie zu lauschen beginnt

dem Takt des Lichtermeeres

da ist jemand

mit ihrem Herzschlag

im gleichen Takt

auf dem gleichen Ton

nur eine Oktave tiefer

im Rhythmus ihrer Bewegungen

nur stärker und fester

in ihrem Licht

nur voller und satter

sie sieht ihn

kaum schließt sie ihre Augen

er ist in ihr

dieses Bild vor sich schreitet sie weiter

durch den paradiesischen Garten

der sich plötzlich öffnet

der Schein der Fackeln lässt die Säulengänge vor ihr

in einem zauberhaften Licht erleuchten

in dem Gestalten zu tanzen scheinen

und auch sie seltsam leicht dahin schweben lässt

als trage ein Windhauch ihre Füße über den Boden

und doch hallt jeder Schritt auf dem Steinboden plötzlich nach

als klinge eine seltsame Melodie von anderswo

und dann ruft der Wind

Freiheit

Würde

die Poesie ihres Lebens

sie ruft ihn

jetzt begreift sie es

mit ihrem Herzen

ein Kutscher

hoch zu Ross

jagt seine Pferde durch die Dunkelheit der Nacht

als folge er einem Ruf aus fremden Gezeiten

das Burgtor gerade hoch genug für seinen Tiefflug drunter weg

sein Fahrgast

ein Mann

soeben aus den ewigen Gezeiten wieder aufgetaucht

Schiffbruch

vor langer Zeit

gerade eben

nein, ihn rettet keine Meerjungfrau

er schmunzelt über den alten Mythos

der doch die wahre Geschichte vieler Seemannsherzen ist

ein Papier sauber zusammen gefaltet in seiner Hand

eine uralte Schatzkarte

so sagt man

auch wenn sie seltsam unberührt scheint

als sei die Tinte gerade erst getrocknet

versteckt im Herzen eines Segelbootmodels

Zeilen die erklingen

kaum berührt man sie mit den Augen

eine Liebe wie nicht von dieser Welt

nur im eigenen Herzen zu finden

dann wenn man sie erkennt

sanft schmiegt sich die Struktur des Papiers an seine Fingerkuppen als atme es unter seiner Berührung

er schließt seine Augen

da ist sie

er hat sie noch nie gesehen

und wird sie doch erkennen

Bilder in einer neuen Ordnung vor ihm

als sei er von Film zu Film im permanenten Wechsel unterwegs gewe-

sen

das große Segelschiff mit seiner Mannschaft

die einem Kapitän in die entlegensten Gewässer voller Abenteuergeist

folgte

Naturschauspiele wie man sie nur sehen, nie aber in Worte fassen kann

Tage auf hoher See, unbarmherzig und doch nirgends so zuhause

der Sturm in seinem Herzen dann besänftigt

Zeile um Zeile

Wort um Wort

vorwärts, rückwärts, quer, auf dem Kopf, spiegelverkehrt

doch nichts wollte ihm verraten was er wirklich liest

was er überliest

und so nicht erkennt

bis er eines Nachts mitten unter den Sternen auf hoher See

als sei alles zum Stillstand gekommen

alleine auf Deck vor dem Segelschiffmodell saß

es anschaute, als erzähle es die eigentliche Geschichte

und als der Vollmond ihm gegenüber durch dessen Segel leuchtete

er plötzlich eine Karte darin zu erkennen glaubte

die alte Legende

vom Schatz auf See

der Rettung eines jeden auf den Weltenmeeren verlorenen Kapitäns

der sich an Land sehnt

könnte er doch nur ankommen

löste er die Segel an ihrer Halterung, die ihn ohnehin die ganze Zeit

verwunderte

und legte sie an ihren jetzt erkennbaren Markierungen zusammen

so waren sie plötzlich eine See- und Landkarte

und er kannte sie

nicht im Detail mit Himmelsrichtung und Route

geschweige denn Ankerpunkt

aber die Form des Weges zu Land und zu Wasser

fast wie auf seiner Karte

ihre Weltenumsegelung

nur an einer Stelle hatte er nicht halt gemacht

sondern des Nachts wie Odysseus am Mast gestanden

und das Land vom Wasser aus betrachtet

fasziniert und doch irritiert, verwundert

über die nächtlichen Farben

das Licht

er hatte seine Augen nicht davon lösen können

ganz gleich wie sehr es schmerzte

bis sie sich mit Tränen füllten

und er danach noch klarer sah

aber nichts erkannte

bis in der folgenden Vollmondnacht

und er daraufhin sein Schiff an die Küste steuern ließ

nahe genug, dass er von Bord gehen konnte

in einem kleinen Boot

ein Seesack und das Segelbootmodell dabei

seiner Erster Offizier nun der neue Kapitän

kurz vor dem Ufer stieß eine Welle ihn um

die Strömung unerbittlich

erst als er den Kampf gegen das Wasser in seinen Tiefen aufgab

und einfach schaute

ließ es ihn plötzlich los

mehr noch, trug ihn zurück nach oben

in seiner Hand das kleine Segelboot

unversehrt

wann, wo, wie lange

ohne jedes Gefühl dafür

Erinnerungen, die doch keine realen sind

ein kleiner Junge

der ihm ein warmes Getränk reicht

als er endlich in der Sonne erwacht

ihm mit einem Kopfnicken anweist mitzukommen

ein Kutscher bereit

ihn wissend begrüßt

aber erst ein Bad und neue Kleidung im Kutscherhaus

was wissen sie über das Segelboot, das er nicht weiß

jetzt fast im Flug über den Boden streichelt er mit der Hand darüber

legt das Papier zurück in sein Inneres

und plötzlich ist das Licht da

jenes Licht das ihn so schmerzte

ihn jetzt aber eigenwillig wärmt

eine Träne

diesmal aus Freude

er weiß wer auf ihn wartet

er hatte sich nicht getraut

war nicht seinem Herzen gefolgt

und musste einmal um die Welt

und quer durch die innere Hölle

um wiederzufinden, was er selbst einst vergraben hatte

seinen Glauben und seine Liebe

denn nur mit dem Herzen sieht man wirklich

ob sie ihm vergibt

da sein wird sie

er spürt sie

und wieder geschehen die Dinge schneller als er sie erfassen kann

Momentum

Lily steht am offenen Fenster und blickt in die hell erleuchtete Stadt. Der Lärm von draußen übertönt Joel, der leise hinter sich die Tür schließt. Sie hat ihn gespürt. Ehe er ganz bei ihr ist. Und so öffnet Lily ihre Arme fast unmerklich, um Joels Hände ihren Weg finden zu lassen.

Etwas sagen?

Etwas fragen?

Sie hängen beide ihren Gedanken nach.

„Ich hatte Angst, Noah zu begegnen. Also der Lily-Teil in mir, nicht der Momo-Part."

Joel sucht nach Worten. Zu Lilys Erstaunen pocht sein Herz ein wenig.

„Du hast ihm gesagt, dass du mich liebst?!"

Nicken.

Das erste Mal begreift Joel, warum Momo nie eifersüchtig wird, wenn Lily ein anderes Kind kurz auf den Schoß setzt. Sie liebt Menschen nicht gegeneinander. Sondern jeden für sich. Und man ist gut beraten, sich auf sich bei ihr zu konzentrieren. Das hat wohl auch Noah zu spüren bekommen.

Joel gräbt seine Hand in Lilys.

„Möchtest du den Kontakt mit ihm aufrechterhalten?"

Schulterzucken.

„Es war gut ihn zu sehen. Es hat mich befreit von etwas, das doch noch in mir eingeschlossen war."

Lily dreht sich zu Joel und schiebt ihre Hände unter seinen Pullover.

„Ich möchte bei dir sein. Wirklich bei dir sein. So wie vorhin und jetzt. Und zwar so lange es geht."

Kaum hat sie ihre Worte gehört, zuckt sie zusammen. Hat sie Joel jetzt verschreckt? Ihn in seiner Angst vor zu viel Nähe falsch erwischt, aus einem Moment Unachtsamkeit? Schweigen.

„Ich habe durch Noahs Art von dir zu erzählen begriffen, wie sehr er sich nach der Nähe sehnt, aus der ich immer wieder abhaue."

Jetzt schlägt Lily das Herz bis zum Hals.

„Würdest du kleine Freiheitskönigin den Bund mit deinem König für ein Königreich besiegeln?"

Ist das jetzt Spiel oder Ernst? Lily wartet ab.

Joel löst sich ein wenig aus der Umarmung. Blickt Lily an. Die ihn zu seinem Erstaunen mit einem leichten Lächeln erwartungsvoll anschaut.

Okay, Reißaus scheint sie gerade nicht nehmen zu wollen.

„Heiratest du mich?"

„Jetzt hier oder in echt?"

Joel traut seinen Ohren nicht. Lilys liebevoller schwarzer Humor.

„Wie wäre es mit beidem?"

Ein ganz sanftes Nicken. Dann ein wenig deutlicher.

„Ja, ich heirate dich."

Welle Nummer drei für heute. Aber Übung macht den Meister. Auftauchen klappt immer besser.

Joel kann es nicht fassen. Sie sagt einfach ja. Wie richtig sich dieser Moment anfühlen würde, hatte er nicht geahnt.

„Darf ich es Momo sagen – von Mann zu Mann?"

„Klar."

Letzter Wille

Diese Gespräche von Mann zu Mann müssen nachts in der Stadt geführt werden. So wie die großen Männer das auch gemacht haben. Momo rückt die Welt gerne ins rechte Licht. Und ausnahmsweise darf er einmal eine Cola trinken. Joel ahnt, diese Nacht wird nicht minder kurz als die letzte. In dem Café um die Ecke des Hotels kennen sie Momo vom zweiten Frühstück mit Lily. Hier wird also auch keiner den nächtlichen Ausflug der beiden zu komisch beäugen.

Mit Bierdeckeln Türme aus Dreiecken bauen bis sie in sich zusammenfallen. Oder diese von der Tischkante hoch stupsen und fangen. Mit Flaschendeckeln in Ascheimer zielschnipsen...

Das mit Lily war irgendwie einfacher letzte Nacht.

„Momo..."

„Ja."

„Du weißt, dass ich deine Mama sehr gerne habe?!"

„Ja, du liebst sie."

Herzlichen Dank für die Unterstützung.

„Ja, ich liebe sie."

„Sie dich auch. Das hat sie mir gesagt."

Sehr viel neutraler hätte Momo das nicht sagen können.

Joel mustert ihn. Ist dem kleinen Mann etwa klar worum es geht?

Momo tut bewusst unwissend. Joel ein bisschen im Dunkeln tappen lassen macht manchmal Spaß.

„Momo..."

„Ja."

„Deine Mama..."

Schwups fällt das Kartenhaus zusammen. Momo wartet geduldig bis alle Karten liegen bleiben. Einige erst unterm Tisch. Runter vom Stuhl und aufsammeln. Na, das kann ein interessantes Gespräch werden.

„Ich habe das mit Niki schon geklärt. Wir heiraten später."

Köpfchen an der Tischkante vorbei.

„Soll ich dir helfen, meine Mama zu fragen?"

Und bitte zurück auf den Stuhl helfen. Erste Karte, zweite Karte, dritte Karte.

„Danke, das habe ich alleine geschafft."

„Gut. Wurde auch Zeit."

„Hättest du mir nicht vielleicht einen Stupser vorher geben können?"

„Meine Mama meinte, du brauchst eben so lange wie du brauchst."

„Du wusstest, dass sie ja sagen würde."

„Ja. Ich habe sie gefragt."

„Du hast sie gefragt, ob sie mich heiraten würde?!"

„Ja. Weil inzwischen bist du ein echt cooler Mama-Papa."

Momo grinst Joel an. Das war echt anstrengend, so lange ernst oder unbeteiligt zu tun.

„Gehen wir zu ihr?"

„Ja."

Zur Überraschung beider wartet Lily bereits in der Hotellobby. Sie wirkt aufgewühlt. Momo klettert auf ihren Schoß und drückt Joel und Lily ganz fest zusammen. Irgendwann zieht Joel mitten in seinen Gedanken mehr intuitiv das Blatt in Lilys Hand heraus. Und drückt Momo an sich. Die Leidenschaft fürs Wasser. Jetzt hat es ihn für ewig zurück. Momos Papa ist in einen Sturm geraten.

Ohne zu wissen warum, hat Momo das Gefühl als entgleite etwas von ihm aus der Welt. Und etwas anderes komme an. Und so schläft er in Joels Arm ein.

Für Stunden sitzt Momo fast regungslos zwischen Lilys Beinen und blickt aufs Wasser. Es ist so ruhig. Und friedlich. Ganz hinten sieht es aus als seien Wasser und Himmel eins. Er soll seinen Papa nie wieder sehen können, also so richtig? Zumindest nicht jetzt und hier auf der Erde? Lily hat ihm eine Flaschenpost gebaut. Mit seinen Gedanken und seinem Bild für seinen Papa für die Reise.

„Kannst du richtig weit werfen?"

Joel ist gemeint.

„Ja."

Momo steht auf, greift Joels Hand und wandert mit ihm bis zu den immer weiter zurückweichenden Wellen. Bei Ebbe hat seine Mama gesagt. Also jetzt. Joel wirft. So weit er kann. Nimmt Momo hoch, damit er möglichst lange der Flasche nachblicken kann. Und da rollen sie endlich, die Tränen. Mischen sich auf Joels Wange mit dessen Tränen.

„Was meinst du hätte dein Papa sich als Allerletztes für dich gewünscht? Das sollten wir nämlich tun."

„Dass du jetzt mein ganz richtiger Papa bist. Wie hieß das – adop-irgendwas?"

Joel schließt die Augen.

„Ja. Das machen wir."

Und zum ersten Mal kann er seinen Eltern, denen, die vorgaben es zu sein, ein wenig verzeihen. So sehr wie er Momo liebt. Er lehnt sich ganz leicht zu Lily, um sie richtig zu spüren.

„Und wir suchen deine echte Mama, ja?"

Momo hat es nicht vergessen. „Die adop-irgendwas ich dann als Oma."

So hatte Joel das noch gar nicht betrachtet.

To be

über den Sinn und Unsinn des Todes

er entreißt uns

mitten aus dem Leben

ganz gleich wie lang es war

wie alt man geworden ist

es ist immer zu früh

und immer der falsche Zeitpunkt

unfassbar und unabwendbar

und fast alle von uns wollen dann alleine sein

warten

bis es ruhig wird

um in Frieden einzuschlafen

und einzutauchen ins Licht

ins ewige Sein

den Kreislauf der Dinge

und unseres Seins

einmal im Tunnel kennt man die Verheißung

und weiß doch nicht wie es weitergeht

der Film ist ein Augenblick

über das was war und jetzt wäre

ohne einen

dann aber ist man zurück

und alles ist anders

Film von vorne

wieder und wieder

und doch nie wieder wie vorher

kann man überhaupt ganz zurück

ins Leben

ohne Jenseits

Lily streichelt sanft über Joels Rücken. Genau davor hatte sie immer Angst. Hatte den permanenten Nervenkitzel, seine innere Unruhe nicht ausgehalten. In Freundschaft getrennt. Und doch war es nicht einfach. Wer er wirklich war verstand Lily erst, als Momo schon auf der Welt war.

„Du hast nie nach Momos Vater gefragt?!"

„Ich weiß. Du warst immer so klar in deinen Gefühlen ihm gegenüber. Ich begreife erst jetzt, ich hätte es für Momo tun sollen."

Joel dreht sich zu Lily. Wie klar seine Augen in den letzten Tagen doch sind. Jetzt im Abendlicht kommt es ihr vor, als veränderten sich sogar seine Gesichtszüge ein wenig. Würden ruhiger und deutlicher. Auch die Hand in gewohnter Position auf ihrem Bauch fühlt sich plötzlich anders an. Eher schützend als Schutz suchend. Er grinst.

„Das ist nicht dein Ernst?!"

„Doch."

„Bist du dir sicher?"

„Ja."

„Aber ich heirate nicht schwanger."

„Wie in alten Zeiten: zehn Monate danach kommt das Baby."

Lily ist sprachlos. Über ein zweites Kind hatte sie nie wirklich nachgedacht. Mehr für sich selbst nickt sie.

Und im gleichen Augenblick zuckt sie zusammen.

„Hey, komm' her."

Erstmals ist Joel ihr emotional komplett voraus.

„Meine kleine Unabhängigkeitskönigin. Wie es sich gehört. Du lebst, was wirklich in dir ist. Glücklicher könnte kein Kind aufwachsen. Und kein Mann an deiner Seite sein. Deal?"

Lily ist schwindelig obwohl sie schon liegt. Loslassen und vertrauen?

„Deal."

Und kaum nicht mehr mit sich beschäftigt, begreift Lily: „Und du lebst, was wirklich in dir ist. Regierst und sorgst fürs Königreich."

Ja, durch Lily und Momo hat er sich gefunden. Als Mann und Vater.

Ist, was war?

denke ich an dich

so denke ich an mich in dir

doch du hältst mich vor mir verborgen

kein Wort

kein Zeichen

nicht einmal ein Flüstern

ich horche, lausche dem Wind
wie er durch die Gräser und Blätter weht
eine weiche Melodie singt
und manches erzählt

von dir aber schweigt
wie du
als seist du im ewigen Raum des Seins verschwunden
auf Nimmerwiedersehen

auf Nimmerwiedersehen?
war unser Abschied auf ewig?

als seien wir zwei kleine Funken des Lichts
die in Raum und Zeit kollidierten
und dann auseinanderstoben
jeder in eine andere Richtung

du nach innen
ich nach außen

getrennt durch eine unsichtbare Wand der Zeit
die den Raum zwischen uns mit sich selbst ins Unendliche multipliziert
weil sie rast und steht zugleich
wie eine Windhose

du innen

ich außen

unerreichbar nah

unendlich fern voneinander

Noah faltet den kleinen Zettel sorgsam wieder zusammen. Doch noch einmal auf. Wieder zusammen. Seine Hände zittern. Ob Lily ihre Zeilen mitten im Buch vergessen hat? Sie wirken wie ein Lesezeichen. Er hat sie einfach rausgezogen, ohne sich die Seite zu merken. Wo hat sie aufgehört zu lesen? Die Blätter fliegen an seinen Fingerkuppen vorbei. Aber sie stoppen nicht. Als seien sie unberührt. Aber da, etwas Blaues. Mitten auf dem Text. Zurück. Blau verwischte Tinte...? Noah streichelt darüber - und stockt. Das Papier fühlt sich anders an. Als sei es richtig nass gewesen. Gegens Licht gehalten sieht er es. Den gefalteten Zettel doch wieder auf. Jetzt erst sieht er auch hier die Wasserränder. Lily hat geweint als sie geschrieben hat.

Intuitiv weiß er, dass sie wahrscheinlich ihn meint. Aber nirgends steht sein Name. Doch jemand anders. Was wäre schlimmer? Ihr so wehgetan zu haben? Oder dass jemand anders ihr so nah gekommen ist?

Was ist das überhaupt für ein Buch?
Noah schlägt es wieder zu. ‚Das ewige Licht'. Das ewige Licht, von Charline Joel. Lily liest eigentlich kaum. Und er hat noch nie davon gehört. Fast unbemerkt erfassen seine Augen die ersten Zeilen, Seiten, Episoden.

Lachen oder weinen? Sich freuen oder sauer sein? Hatte sie nicht geschrieben es ginge um die Tempel auf Sizilien und Beethovens 9.? Das Buch hier lassen oder einfach mitnehmen? Und den Zettel?

...

du innen
ich außen

unerreichbar nah
unendlich fern voneinander

Sie hat ihn einfach ins Buch verbannt. Den Deckel zugeklappt. Als schließe sie ein Tor.

bist du mir nah
zu nah
bin ich dir fern
zu fern

und dabei möchte ich dich ganz nah
aber auch fern
denn dann bist du da wo ich bin
bei dir

Eine Erklärung. Mehr nicht. Wie eine Antwort neben ihren Zeilen. Noah zerreißt die Menschen um sich mit seiner inneren Zerrissenheit. Ihm ist es bewusst, und doch ist er manchmal außerstande, manchmal nicht willens daran etwas zu ändern.

du innen

ich außen

Lily liebt versteckte Botschaften. Vorwärts. Rückwärts. Erst Zeile um Zeile. Dann fast Wort um Wort. Die Architektur ihres Gedankengebäudes erkennen. Die Windhose ist nur eine Metapher – in ein Bild gefasster Sinnzusammenhang.

denke ich an dich

denke ich an mich

Noah stutzt. Hält die zwei letzten Worte 'in dir' zu. Stimmt. So absurd es zunächst klingt. Wenn er bei Lily ist, ist er bei sich. Und schließt sie aus. Geht es ihm gar nicht um Lily? Ist er so sehr auf sich bezogen und fokussiert?

Er reibt über die Stelle an seinem Brustkorb. Sie hat es ihn deutlich spüren lassen.

„Warum hast du wirklich damals gesagt, dass ich gehen soll?"
Die Betonung liegt auf wirklich.
Lily blickt Noah überrascht an. Er hält ihr das Buch und den Zettel entgegen.
Zögern. Buch nehmen oder nicht? Sie mustert ihn eindringlich. Etwas muss er verstanden haben.
„Du bist immer nur bei dir. Egal wie nah oder fern man dir ist."
Schauen wie er reagiert. Er wartet.

„Ich wäre nirgends so einsam wie in deiner Nähe."

Noah stützt sich auf der Stuhllehne vor sich ab. Halt finden. Aber er greift ins Leere innerlich. Blickt sie an. Nickt.

Lily spüren heißt für ihn, sich selbst spüren. Und das scheint sie die ganze Zeit gespürt zu haben. Hat ihn einfach gelassen. Nichts eingefordert. Und so auch nicht wirklich etwas von sich preisgegeben. Könnte er überhaupt sagen wer sie wirklich ist? Was sie fühlt? Denkt? Seiner so sicher in ihrer Gegenwart war er immer nur weil er eben sich seiner sicher ist? Will er etwas ändern? Könnte er es überhaupt? Da ist wieder Lilys ruhiger Blick. Den er bislang offensichtlich so interpretiert hat, wie es für ihn passt. Nicht aber, was er in ihrer Welt bedeutet. Merle. Es ist einfacher und schwerer für ihn mit ihr zugleich. Sie fordert. Ihn ein. Oft auch auf. Lässt ihn spüren, wo Schluss ist. Und ist doch sicher da. Weil sie ihn liebt? Zumindest sagt sie das. Oder ihn braucht? Geht Lily deswegen ihrem Beruf nach, um unabhängig zu sein? Ihre Selbstständigkeit zieht ihn an. Gibt ihm das Gefühl, kommen und gehen zu können. Bei Merle ihre Abhängigkeit von ihm. Und trotzdem sind beide Frauen da. Lilys Tränen. Was sieht sie, das er nicht sieht an sich?

„Du innen, ich außen - was willst du damit wirklich sagen?"

„Du bist in dir gefangen und hältst mich außen vor, besonders wenn du mich zu dir nach Innen holst. Ich dagegen hole, was in mir ist, in die Welt. So auch dich in mir. Und so lange du nicht wirklich aus dir raus kommst, bin ich sicher."

Noah blickt sie an. Wirft einen fragenden Blick auf das Papier.

„Du hast mich ganz tief berührt. Und das habe ich zugelassen. Ich wusste, dass es wehtun würde. Aber selbst dann ist es wunderschön."

Lily lächelt Noah an.

„Der liebe Gott hat sich schon etwas dabei gedacht, dass wir vor Freude manchmal weinen. Dann schließt sich ein Kreis."

„Richtiger Schmerz ist wie ein bereinigendes Gewitter …"

Dieses unglaubliche Lachen von Lily und Momo und Niki… Noah holt tief Luft. Er hat es immer wieder gesucht. Wollte es sehen, spüren – aber selbst lachen? Loslassen?

„Du kontrollierst in dir, was du bei mir so liebst …es ist alles auch in dir. Aber du willst es eigentlich gar nicht. Weil es nicht in deine Vorstellung von dir selbst passt."

„Kopf gegen Bauch."

Und manchmal brodelt es in ihm über. Dann wird er barsch. Unbeherrscht. Ungerecht. Bis er die Kontrolle zurück hat. Unwillens sich zu entschuldigen. Geschweige denn darüber zu reden.

Ein wenig erschrickt Lily über Noahs Emotionalität in diesem Moment. Sie hat sie geahnt, aber noch nie so klar gespürt. Ihn von sich aus in den Arm nehmen? Und dann?

Noah setzt sich. Sich davonträumen, das Unerreichbare herbeisehnen, ist eins. Aber das Erreichbare wirklich leben, lieben, kann er das überhaupt?

„Wusstest du von Anfang an, dass wir uns im Moment der Nähe verlieren würden?"

Lily schüttelt den Kopf.

„Nein. Und ich wollte es lange nicht wahrhaben. Dachte, wenn ich nur lange genug warte, mich melde, dich teilhaben lasse an dem, was mich bewegt..."

Sie stockt. Erinnern tut weh. Plötzlich aber fällt es alles von ihr ab. Unerwartet – jetzt und hier. Noah entzaubert? Entthront? Einfach so? Täglich grüßt das Murmeltier. Wie viele Tage musste sie aufwachen? Wie viele Nächte ihm im Traum begegnen? Wie oft wieder und wieder am Tor halt machen? Und einmal fest geschlossen, doch immer wiederkehren, um zu horchen, ob er vielleicht dahinter steht? Und jetzt erinnert sie den Weg zum Tor nicht einmal mehr.

Etwas in ihr richtet sich auf.

Noah betrachtet sie verwundert. Nimmt eine Veränderung an ihr, wohl in ihr wahr. Auch vertane Chancen sind Chancen.

Und dennoch: etwas fällt auch von ihm ab. Sie hat ihm die Entscheidung abgenommen. Er hat ab hier und jetzt nur noch eine Option.

Wirklich? Wieder steht er mit sich selbst im Gericht. Es sich so zurechtlegen, sich einfügen. In die so gewünschte Selbstständigkeit einer Frau. Die ihn einfach vor die Tür ihrer Welt setzt. So hatte er sich das nicht vorgestellt. Und nun? Selbst etwas tun? Aber was?

„Du hast dich gegen mich entschieden?"

„Nein. Ich habe mich für mich entschieden. Mit allem was mich ausmacht und wer ich bin."

„Joel?"

„Ja, auch Joel. Und ein Leben mit ihm und Momo."

Irgendetwas versteht Noah noch nicht. Fragender Blick, untermauert mit Schulterzucken.

„An Joels Seite. Als seine Frau."

„Geht es ums Heiraten?"

Noah völlig verwirrt.

„Wir werden heiraten."

Pause. Noah entgleitet innerlich alles.

„Joel lieben lernen hat mich zu mir in der Welt zurückgeführt. Selbst arbeiten war meine Freiheit. Er aber lässt mich ganz nah und frei. Weil ich dann wirklich bei ihm bin."

Noah versteht die Welt nicht mehr.

„Deine Selbstständigkeit aufgeben?"

„Das Gegenteil. Meine Selbstständigkeit ganz leben. Ich muss sie nicht mehr konstruieren, verteidigen. Für mich sind Titel letztlich Schall und Rauch. Sein wer man ist bedeutet wirklich zu leben und in die Welt zu holen was immer in einem ist. Und so zu wirken. Aus sich selbst heraus."

Noah breitet seine Hand auf dem Buchdeckel aus. Ja, all' das, wie es war, wie es hier steht, dass es in die Welt kommt, will auch er für sich. Genau das. Und er dachte, es gehöre zu ihm. Er ist fassungslos.

„Was für eine Rolle spiele ich in alledem?"

Ist er nur eine Figur? Ersetzbar? Gar nur zufällig in alles reingeraten? Wut und Enttäuschung kochen in ihm hoch.

„Es liegt in deiner Hand. Du entscheidest über dich."

Lilys ruhige Stimme tut gut.

„Du haust ab, wenn ich deine Nähe bräuchte. Du forderst ein, wenn ich auf mich selbst gestellt Zeit für mich bräuchte. Wie ein ständiger Liebesbeweis, den du suchst, dass ich gegen das eigene Wohl deins über meins stelle."

Punktlandung. Das hat Merle ihm auch schon gesagt. Ihr Deal ist die wirtschaftliche Absicherung. Doch im Laufe der Zeit hat Merle immer mehr etwas von sich aufgegeben. Von diesem Zauber verloren. Noah steht zu ihr. Wegen Niki und der gemeinsamen Zeit. Und dem was sie einst zusammengeführt hat. Ihre Welt, die war, liegt im Grunde in der Vergangenheit. Wird er alt? War das seine Vorstellung von Leben? Und vom Lieben? Ist sie das Jetzt und Hier?

Mondschein

Ein frischer Windhauch weckt Merle sanft aus dem Schlaf. Die Balkontür sollte geschlossen sein. Ihre Gedanken verweben sich mit ihren gerade noch ganz klaren Traumbildern. Am Meer... plötzlich schreckt sie hoch. Der Wind kommt wirklich von draußen. Noah? Nicht neben ihr. Das Mondlicht dringt herein. Unwirklich friedlich wirkt das seltsam dumpfe und doch ganz helle Licht.

Sie wickelt sich in ihre leichte Sommerdecke und tritt nach draußen. An die Balkonbrüstung gelehnt, den Kopf in den Nacken, als habe der am Himmel thronende Vollmond Noah ganz in seinen Bann gezogen. Hat er sie bemerkt? Sein Arm nach oben zu seinem Gesicht... Merle erschrickt ein zweites Mal. Als habe er einen Zauberspruch getan, steigt eine kleine Rauchwolke fast senkrecht über ihm auf. Er raucht wieder. Sauer sein? Ihn an sein Vorhaben erinnern? Die harten ersten Entzugstage? Fragen warum? Ja, warum? Wo hat er die Zigaretten überhaupt mitten in der Nacht her?

Merle bewegt sich langsam und bewusst hörbar auf Noah zu. Er horcht auf, bleibt aber fast wartend regungslos stehen. Erst als sie neben ihm an der Brüstung steht, dreht er sich zu ihr. Seltsam klar und ruhig. Genauso sein Blick, soweit sie das erkennen kann. Als sammle er seine innere Unruhe der letzten Zeit beim tiefen Zug an der Zigarette, um alles sogleich von sich in die Luft zu blasen.

„Wie war euer Treffen mit den Kindern?"

Die Ereignisse überschlagen sich in den eigentlich als Auszeit vor ihrem langen Rückflug geplanten Tagen. Beide sind sie noch in ihrem Erleben der Dinge. Fast ohne miteinander zu sprechen. Unerwartet macht Noah den ersten Schritt. Weil er sich an der Zigarette festhalten kann?

„Ganz anders als angenommen – obwohl ich vorher keine klare Vorstellung davon hatte. Lily strahlt eine Lebendigkeit und eine Freude aus, die man berühren, fast für sich haben möchte. Gleichzeitig ist sie seltsam zurückhaltend, manchmal rätselhaft unzugänglich... ich hatte Angst ihr zu begegnen."

Noah nimmt Merle von der Seite in den Arm.

„Und nun?"

Merle blickt in die Ferne, ins Nichts.

„Sie ist bemüht, mich nicht zu irritieren was dich betrifft. Und es fühlt sich ehrlich an. Aber warum du wirklich über Monate von ihr im Schlaf gesprochen hast, was dich so sehr berührt hat...? Als sei da etwas für mich nicht zugänglich. Das verunsichert mich."

Schweigen.

„Fehlt dir etwas bei mir?"

Noah schließt die Augen. Auf eine so direkte Frage von Merle war er nicht vorbereitet. Und eine Antwort weiß er nicht. Würde ihm etwas bei Lily fehlen? Gleiches Schulterzucken innerlich.

„Nicht, dass ich es wüsste..."

Aber auch kein ‚nein, ich will bei dir sein!' ... Merle schweift in Gedanken ab. Hat sie sich je gefragt, wie ein anderes Leben für sie aussehen könnte? Vor langer Zeit hat sie begriffen, dass sie Noah wirklich liebt. Und hat einfach begonnen diese Liebe zu leben. Wollte er je wissen warum, oder ob es immer noch so ist?

„Die letzten Jahre waren einfach tagein tagaus einen Fuß vor den anderen setzen, ohne zu wissen auf welchem Weg ich eigentlich bin."

Noah reißt sie aus ihren Gedanken.

„Geschweige denn zu welchem Ziel. Als sage mir jemand ‚geh' und ich habe vergessen nach Karte und Kompass zu fragen."

Verirrt im Nichts. Weiß er überhaupt wo er losgegangen ist? Und wann?

„Bietet Lily dir Orientierung?"

„Nein."

Immerhin.

Noah holt tief Luft.

„Hätten Niki und Momo im Kindergarten nicht ihre gemeinsame Welt entdeckt, wäre ich Lily wahrscheinlich gar nicht wiederbegegnet. ...

vielleicht beneide ich die beiden Kleinen um die Chance, die ich nicht hatte. Und dabei wünsche ich mir für Niki nichts mehr, als diesen Glauben in sich wirklich zu finden und zu leben. Sie kommt mir oft jetzt schon so viel souveräner vor, was das betrifft, als ich mich fühle."

Fühle. Ein emotionales Wort aus Noahs Mund.

„Ist Lily nur eine Projektionsfläche für das, was in dir los ist?"

Merle erschrickt über ihre Worte, laut gedacht... unreflektiert, einer Intuition folgend.

Doch Noah drückt sie an sich.

„In gewisser Weise ja. Nur wirft sie nicht einfach ein Spiegelbild, sondern zeigt mir gelegentlich Einiges, das ich nicht sehen wollte."

Was auch immer das genau ist oder war, Merle ist plötzlich ruhig. Beruhigt. Ein Bauchgefühl.

Vorsichtig drückt sie Noah seine Zigarettenschachtel mit dem Feuerzeug zurück in seine Hand. Sie hat es vorhin einkassiert. Aber vielleicht sollte sie diesen Kompromiss akzeptieren.

Tatsächlich zündet Noah sich eine weitere Zigarette an. Und Merle spürt, wie seine tiefen Atemzüge an ihrer Seite eine seltsame Klarheit über ihn kommen lassen. Es wird ihn wahrscheinlich umbringen, aber hier und jetzt kann er ohne das nicht wirklich leben. Heute ist der erste Tag vom Rest ihres Lebens... wie oft sie diesen Spruch gelesen und nicht verstanden hatte.

Alleingang

Merle spaziert durch die Stadt. Alleine. Alleine sein wollen kennt sie eigentlich nicht. Aber sie braucht einen Moment Ruhe. Wieder einfach warten, abwarten. Was Noah tut oder eben nicht tut? Oder andere offensichtlich tun oder nicht tun? Gar ihre Tochter das Zepter in die Hand nimmt und Noah zum einen oder anderen bewegt? Hat sie überhaupt eine Vorstellung, was sie möchte? Würde jemand hören, wenn sie einmal etwas sagt? Eine Richtung vorgibt? Mitten in einem Café lauscht sie den Unterhaltungen. Welcher dieser Charaktere wäre sie? Während ihr Blick wieder und wieder durch den Raum schweift, sie einzelnen Gesprächen nachhorcht, wird sie selbst in den Wandspiegeln zu einer ihrer Gedankenfiguren. Was denken andere, die sie hier alleine sehen? Was denkt sie? Über sich? Erahnt man einen Mann und ein Kind als ihren Lebensinhalt? Oder ist sie doch eher – ja, was eher? Berufstätig? Single? Geliebte? Und was macht sie gerne? Schach spielen? Lesen? Wie wäre es mit Bogenschießen. Niki de Saint Phalle hat früh ein Werk ‚My Lover' geschaffen. Eine Dart-Scheibe als Kopf über einem Hemd – ihr Ex-Lover. Solche Seiten kennt Merle gar nicht an sich, ein wenig schwarzer Humor. Steht ihr gut. Zumindest im Spiegelbild.

„Mama, Mama, schau' mal!"
Merle zuckt zusammen. Die Kinder sind doch mit Joel und Lily unterwegs. Aber weiß sie wo? Und damit fliegt ihr Niki schon um den Hals. Momo im Schlepptau.
„Joel hat uns einen Drachen geschenkt."

In Nikis Hand ein wahrer Drache aus wunderschönem, grünem Niki-Stoff... schnell in die Hand ihrer Mama.

Kaum ist Lily am Tisch, freundlich ‚hallo' und ‚Merle – Joel', da ziehen die Kinder sie zur Theke. Der Hunger ist einfach viel zu groß.

„Darf ich?"
Merle nickt. Sie hat Joel noch nie gesehen. Ein ganz anderer Typ als Noah.
„Das Café ist uns im Drachenladen empfohlen worden. Es heißt wohl, es sei das Café der Spiegeltür. Man gehe durch und komme zurück – aber verwandelt. Weil man einmal von der anderen Seite geschaut hat."
Merle bringt kein Wort hervor. Zufall, dass sie hier gelandet ist? Und gerade das erste Mal Pfeile in Gedanken abgeschossen hat? Auf wen oder was eigentlich?
Niki schiebt sich unter Merles Armen durch und klettert auf ihren Schoß. Ein ordentliches Mittagessen. Milchreis. Herrlich.

Merle verfolgt jede kleinste Geste zwischen Lily und Joel. Kaum bemerkt sie es selbst, ist es ihr peinlich. Aber Lily lächelt sie freundlich an. Es wirkt, als würden die beiden miteinander tanzen. Vertraut, sanft, nah. Er führt. Und doch bleibt sie ganz eigenständig. Und in diesem Rhythmus fügt Momo sich ein. Wartet das Öffnen von Händen ab, schaut, wann eine Bewegung zu Ende ist und er auf den Schoß kann. Dirigiert wortlos die beiden, wenn er Hilfe braucht.

„Wollen wir den Kontakt der Kinder weiterleben?"

Einfach so, spontanes Bauchgefühl. Unabgesprochen mit Noah. Ihm seine Position streitig machen? Und zu ihrer Verwunderung nickt Lily einfach, als sei das ohnehin schon klar.

Solche Unterhaltungen stört man besser nicht. Ist ja im eigenen Interesse. Aber kaum geklärt, „Los. Zur Spiegeltür!"

Plötzlich scheinen sie zigfach identisch im Raum. Die Tür hat ihre Flügel leicht um sie geklappt. Als schließe sie sie um sie und öffne so ganz viele andere Wege.
Niki und Momo spielen mit dem Kaleidoskopbild ihrer selbst. Verlieren sich in ihrer Geschichte. Bis Joel das Zischen des Drachenfeuers imitiert. Richtig, da war doch noch etwas.

Und kaum halten sie einige Fotos von ihrem Spiel in der Hand, wissen sie nicht mehr, wer von all' den Nikis und Momos sind sie eigentlich?

„Was meint ihr, wie ihr das rausfindet?"
Zentriert von oben am Scheitelpunkt der Flügel aufgenommen, erscheint es alles real. Oder eben alles unwirklich.

Momo starrt auf ein Foto.
„Und wieso kommt man verändert heraus?"
„Na, was habt ihr denn da drinnen gemacht?"
„Uns für jedes Bild von uns etwas ausgedacht."
„Also so getan, als wenn ihr ganz viele Leben gleichzeitig leben könnt?!"
Nicken von beiden.

„Oder einfach verschiedene in Gedanken durchgespielt?"

Wieder nicken.

„Und was ist dann jetzt anders als vorher?"

Schulterzucken. Aber ehe die Schultern wieder unten sind, strahlen Nikis Augen auf.

„Ich weiß jetzt, dass ich ganz viele Möglichkeiten habe. Und dann weiß ich noch besser, was ich will und was nicht."

Nicken von den Großen.

„Und ist da etwas anders als vorher?"

„Ja. In einem Bild habe ich gemalt. In einem anderen getanzt. Und ich dachte, es geht nur eins. Jetzt aber denke ich, ich könnte mit Licht Bilder in die Luft tanzen."

Merle blickt zu sich im Spiegel. Ja, manchmal hilft es von außen auf sich selbst zu schauen. Und plötzlich ist in ihrem Bild Noah neben ihr. Sie hat ihn wiedergefunden. Im Alleingang.

Taktung

Die Wellen schlagen gegen die Uferböschung. Der Wind treibt sie an Land. Lässt sie an der Oberfläche noch schneller werden als sie in der Flut ohnehin schon sind. Niki und Momo hüpfen vor Aufregung mit dem Wind mit. Und kaum sind sie an der Wegbiegung angekommen, flitzen sie runter zum Strand. Immer den anderen fest im Blick. Hören würden sie einander nicht bei dem Getöse.

Plötzlich ein lauter Knall. Gebannt bleiben die beiden stehen, Blick in die Luft. Da schwebt er, ihr Lenkdrache. Lily hat Mühe ihn ruhig fliegen zu lassen. Kaum ist sie bei den beiden an der Wasserkante, reißt es sie fast mit hoch. Aber er bleibt in der Luft stehen. Ein Windkanal wie Joel es vermutet hat.

Sportlich eingekleidet in Latzhosen schlüpft Momo als erster in den kleinen Klettersitz. Seil fest. Und Übergabe. Das war der Deal, sie darf die Kinder sichern. Auch wenn sie eigentlich gar nicht angehoben werden können.

Momo lehnt sich mit seinem ganzen Körpergewicht nach hinten. Wie lange der Drachen ihn wohl hält? Und ob er ein Stück mitfliegen, oder sich zumindest fallen lassen könnte? Wie gebannt starrt er auf den Flugkörper schräg über ihm.

Waking up

The wind opens the balcony door. As if someone is just entering. Or leaving? Inviting him to step outside? Complete silence. All sounds of the world paused. Even the dancing leaves of the palm trees and the birds unhearable. Where is he? Still here? A seldom easiness in his body. Floating through the room?
Suddenly a translucent figure right in front of him. Inviting him to follow. To the very edge of the balcony. The spot he normally avoids. As it is

right above the cliff over the sea. Without a direct connection to the earth beneath him, he feels dizzy. Sometimes almost close to fading. There is no rational behind it, he knows. But still. It is what happens with him being up in the air. No matter how stable and flat the ground under his feet is. Flying. Well, rather not. But this creature somehow makes him feel safe. For the first time he sees the beauty and magic of the endless seeming sea right in front of him. What is this light having the shape of a woman? A soft and loving glance at him. Smiling. But still. No clear shape of her face. Ask who she is? Or try to reach out to her? Instead, he feels like falling into a deep and restorative sleep.

Lily wartet, bis Joels Augen ganz ruhig sind. Ihre Hand auf seine Wange. Irgendwann kommt er dann langsam zu sich. Blickt auf. Als sei er ihr ganz nah und doch noch ganz fern. Holt sie zu sich unter die Decke.

„Bist du schwindelfrei?"
„Nein." Sie lacht. Morgens stellt Joel wie aus einer anderen Welt immer die herrlichsten Fragen.
„Nein?! Aber wieso kannst du dann hinten an die Brüstung?"
„Platon, Kant und Einstein."
Dass Lily einen der drei gelegentlich gerne zitiert, okay. Aber bei Höhenangst?

„Komm' mit!"

Lily verbindet Joel die Augen. Schritt für Schritt weiter. Immer wieder hält er inne, immer wieder zieht sie ihn leicht weiter. Bis er stehen bleiben soll. Ihre Hände ganz fest an ihm. Sie hält ihn regelrecht. Auch wenn ihm eigenwilligerweise noch gar nicht schwindelig ist. Und egal was er sich vorstellt, es ihm auch nicht wird. Denn er kennt die Aussicht von hier ja gar nicht... von hinten schiebt Lily ihre Arme um Joels Bauch.

„Lass die Augen geschlossen, solange du magst. Aber wenn du die Augenbinde abnimmst, blick' nach oben, in den Himmel. Und erst, wenn er dir ganz vertraut ist, langsam bis zum Horizont, nur nicht tiefer fürs erste."
Nicken. Und seine Hände auf ihre.

„Wie hoch fühlst du dich noch sicher?"
„Fünf Meter vielleicht."
„Da passt du in etwa dreimal der Länge nach rein. Die Höhe kannst du dir also gut vorstellen, weil du sie am eigenen Körper fühlen kannst?!"
Macht Sinn.
„Platon. Der hat unsere Sternzeichen eines Kalenderjahrs nach unserer Zeitmessung angeschaut und bemerkt: die wiederholen sich im unvorstellbar Großen noch mal. Das sind die platonischen Monate. Und Jahre."
Soweit so gut.
„Kant hat das a priori eingeführt. Nur wenn wir davon ausgehen, dass wir sind, können wir überhaupt sein."
Auch gut.

„Einstein hat zugleich die Relationen – alles ist relativ – als auch das a priori aufgegriffen. Solange wir an der Relation zu uns im Erleben der Dinge um uns festhalten, relativieren wir uns um alles, was nicht in direkt greifbarer Relation zu uns steht."

Macht auch Sinn.

„Wenn du also die Augen aufmachst, und dich auf dich hier in meinen Armen besinnst, deine Gedanken aber frei lässt, und einfach schaust, dann ist die Relation der Unendlichkeit zu uns hier gerade egal. Oder anders, sehr beruhigend. Denn ich will gar nicht wissen, wo und wann das Ende ist."

Lilys Pointen. Unglaublich. Einmal quer durch die Zeit zu den Sternen und zurück, um im Hier und Jetzt anzukommen. Und an die Endlichkeit des Lebens zu erinnern. Während er eigentlich Todesangst direkt an einer Balkonbrüstung über einer Klippe über dem offenen Meer haben sollte...

Joel löst seine Hände und nimmt das Tuch vor seinen Augen ab. Das helle Licht blendet selbst durch die geschlossenen Lider. Kopf in den Nacken und gucken. In den strahlend blauen Morgenhimmel.

„Hat er es endlich geschafft?"

Momo spricht mit seinem Eisbär. Tapst zu Lily und Joel. Seine Hand in Joels.

„Siehst du, es ist gar nicht so schlimm."

„Nein, es ist sogar sehr schön."

Neugierig, aber vorsichtig senkt Joel seinen Blick Richtung Horizont. Ganz kurz wird ihm im Magen flau. Doch Lily streichelt über seinen Bauch. Hat ihren Kopf seitlich gegen seinen Rücken gelehnt. Das ist sein Hier und Jetzt. Lily, Momo und er auf dem Balkon, weit über dem offenen Meer. Und irgendwo da draußen, ja irgendwo da draußen... ein tiefer Luftzug der Erleichterung. Es ist wie ein Erwachen, ein ganz tiefes, inneres.

Lily hat also eigentlich auch Höhenangst. Und sonst noch? Richtig, Spinnen, das hat Momo ihm verraten.

Inside out

Joel tritt zu Noah nach draußen. Ganz wohl ist ihm bei dem Wellengang nicht. Aber schlimmer als auf dem Balkon kann es nicht werden.
Einmal das Land vom Meer aus sehen. Wie Niki und Momo auf die Idee kamen, haben sie nicht herausgefunden. Jetzt sind sie ganz oben für die piratenmäßige Aussicht nach der Insel, auf die sie zusteuern.

Lily und Merle haben einen eigenwilligen Friedenspakt als Mütter geschlossen. Sind also bei dem kleinen Piratenpaar. Bleiben nur noch die beiden Väter.

Noah ist eigentlich der Ältere. Der Erfahrenere in Sachen Familie. Also auch als Mann und Vater.

Joel blickt Noahs athletische Gestalt vor sich an. Gegen den Wind kann er ihn vielleicht gar nicht gehört haben. Umdrehen? Oder sich fragen, warum bewegt er sich nicht und kommt auf ihn zu?

‚Kajak- oder Motorbootfahren?' war Lilys erste Frage. ‚Schöner Trampelpfad – mit guter Karte und Ausrüstung – oder breiter Weg?' ihre zweite. ‚Selbst bauen oder im Design-Laden aussuchen?' ihre dritte. Als Antwort auf seine Frage, warum Noah nicht attraktiv auf sie wirke. Denn das hatte sie im Nebensatz fallen lassen, mehr unbewusst bis zu seiner Reaktion. ‚Kajak, Trampelpfad, selbst bauen' war seine Antwort. Also doch sein Part, die Vätergeschichte zu klären.

Joel blickt auf den Boden vor sich. Bleibt recht gerade, auch wenn es schaukelt. Und während er die Schritte bis zu Noah in Gedanken vorzählt, spürt Joel plötzlich, dass Lily ihn wirklich so liebt wie er ist. Und zu seinem kleinen Bauch sagt ‚ist eben d-e-i-n Bauch. Solange du ihn brauchst, ist er da. Und dann brauche und liebe ich ihn auch."

Noah nickt Joel freundlich zu. Und deutet auf das kleine Holzboot in seiner Hand.

„Niki hat mir begeistert erzählt, wie du für die Kinder eine kleine Flotte geschnitzt hast. Ich kann Dinge nur finden. Und selbst damit tue ich mich momentan schwer..."

Das Boot als Sinnbild für die innere Lebenskrise.

„Hat Lily dich aus der Bahn geworfen?"

„Nein, es ist nicht ihre Schuld, das habe ich in den letzten Tagen begriffen. Ganz im Gegenteil. Eigentlich zwingt sie mich durch ihre Art sogar hinzuschauen. Indem sie mir einfach entgleitet. Und ich auf mich selbst zurückfalle. Aber irgendwie ist da kein Sprungtuch."

Noah sucht bei ihm Rat? Joel blickt auf das kleine Boot.

„Merle? ... und Niki?"

Nicken. „Ja, sicher. Aber ich fühle mich schuldig für mein Verhalten. Und weiß nicht recht, was tun. Als könnte ich noch mehr von der schönen Fassade zum Einstürzen bringen."

Wow, Midlife-Crisis.

„Wir leben nur einmal. Und das ist jetzt. Und hier. Wenn ich Lily zitieren darf. Und wenn ich dir von Mann zu Mann etwas raten darf. Mach' etwas Verrücktes. Überrasch' Merle und entschuldige dich. Oder sag' zumindest, wie du es anders möchtest, und leb' das dann wirklich."

Der hat gut reden.

„Und wie stellst du dir das vor?"

„Keine Ahnung. Schenk' ihr einen Ring und sag' ihr, du würdest sie wieder heiraten. Frag' sie, was sie wirklich möchte. Auf mich macht sie einen recht aufgeräumten Eindruck. Ich glaube sie liebt dich und steht zu dir."

Noah ist mehr als verwundert über Joels fast freundschaftliche Art. Was hat er verpasst?

„Wenn es dir hilft, frag' Lily."

„Bist du nicht sauer auf mich? Oder willst, dass ich mich von ihr fern halte?"

Ups, so direkte Fragen kennt Noah von sich Männern gegenüber nicht. Überhaupt. Ein Männergespräch, er erinnert es nicht. Mit Frauen scheint es ihm leichter. Warum? Sie mögen seine charmante Art. Sicherlich auch sein Äußeres. Und er fühlt sich eigenwillig sicher und überlegen.

„Nein. Lily hat ihre eigene Ordnung in sich und mit den Menschen. Und irgendwie habe ich in den letzten Tagen begriffen, was mein Platz bei ihr ist. Tja, und wenn ich den wirklich einnehme und lebe, dann steht mir ein ganzes Leben mit ihr an meiner Seite offen. Meinen Thron gestalten ist besser, als an dem anderer zu sägen."

Während Joel seinen Worten nachhorcht, gewinnt Lilys letzte Frage ‚selbst bauen oder Design-Studio' eine viel weitreichendere Bedeutung. Sie ist eine Pionierin, wie sie im Buche steht. Deswegen ist die Welt nicht genug. Und sie hat die Sterne und den Himmel entdeckt.

Noah schließt seine Hand um das kleine Holzboot.

„Merle hat mir einen Thron bei sich gebaut. Der auch noch passt. Und ich hab's nicht recht kapiert. Weil ich selbst bauen wollte, ohne dass es mir liegt."

„Ich kann nur kleine Boote schnitzen, wenn andere sie finden. Und nutzen. Andere können nur aufs Wasser, wenn ihnen einer ein Boot baut. Dafür reisen sie, auch quer übers Meer. Während ich lieber an Land bleibe."

Verrückterweise mag er das Segeln auf Seen. Joel schüttelt über diese Unlogik in sich selbst den Kopf. Aber so ist es. Das Land eben immer in Sicht. Als könnte er zur Not selbst hinschwimmen.

„Schnitzt du mir einen kleinen Thron? Muss nichts Besonderes sein. Einfach einen Thron?"

Joel lacht herzlich und klopft Noah leicht auf die Schulter.

„Abgemacht. Gleich heute Abend. Und wenn du noch einen guten Tipp für einen Ring haben möchtest: In der Stadt hat Niki einen im Schaufenster entdeckt, den sie für Merle wunderschön fände, ‚wenn der Papa endlich einen Sinn für so etwas entwickeln würde'."

Die Hoffnung stirbt zuletzt. Und seine Tochter glaubt an ihn. Na, wenn das nicht der Anfang vom Jetzt und Hier ist.

Vater Tochter

„Na, was hat Lily gesagt?"

Niki überlegt. Welchen Teil der Unterhaltung erzählen, den offiziellen, oder jenen, den sie eigentlich nicht hören sollte?

„Dass du endlich dich selbst wirklich lieben solltest. Denn dann würde man dich nicht nur lieben – du seiest nämlich sehr liebenswert – sondern du würdest es auch noch merken und vielleicht annehmen."

Das war hoffentlich sinngemäß richtig.

Noah staunt nicht schlecht.

„Das war Lilys Antwort, ob du heute Nacht bei Momo schlafen darfst?"

Niki schüttelt etwas schüchtern plötzlich den Kopf. Und nickt. Darf sie – klar.

„Papa, was meint sie damit. Du weißt doch, dass ich dich gaaaanz doll liebe, oder?"

Prüfender Blick in Noahs Augen. Übersieht sie irgendetwas?

„Mit wem hat Lily sich denn unterhalten?"

„Mit Joel. Und sie dachten wir wären draußen. Hatten uns aber beim Spielen unterm Bett versteckt."

„Und wie kam sie darauf?"

„Joel meinte, dass er dich mögen würde. Dass er aber irgendwie das Gefühl hätte, du könntest das nicht annehmen. Ob das bei Lily anders wäre."

Noah drückt Niki liebevoll an sich.

„Danke, dass du mir das erzählt hast! Und wenn du möchtest, bleibt es auch unser kleines Papa-Tochter-Geheimnis?! Ich weiß wirklich manchmal nicht, ob jemand mich mag oder liebt."

Niki hört geduldig zu. Und erinnert plötzlich, dass sie für einen Moment Angst hatte, Momo könnte sie nicht mehr so lieb wie bei ihrem Abschied haben, als sie sich im Museum unerwartet entdeckten. Vielleicht ist das für ihren Papa einfach ganz oft so?

Sie packt seine Hände in ihre. Das machen Momo und sie auch oft. Den Kreis schließen.

„Du bist doch mein Papa. Und deswegen für mich der beste Papa auf der ganzen Welt. Ich könnte keinen anderen Papa so sehr lieben wie dich. Selbst dann wenn ich finde, du machst komische oder doofe Sachen, oder du schimpfst."

Niki überlegt.

„Ganz besonders mag ich, wenn du mit mir richtig spielst. Weil du verstehst, was ich meine oder baue. Und es schön findest. Du machst richtig mit. Und dann habe ich immer noch viel mehr Ideen als alleine. Mama kann das nicht so gut. Sie will schnell etwas Eigenes bauen oder mir sagen wie es geht. Weil sie nicht so gut zuhören und mitspielen kann. Manchmal mag aber eben auch ich nicht mitspielen."

Noah drückt Nikis Händchen. Und stupst mit seiner Nase sanft gegen ihre.

„Danke."

Ihm versagt fast die Stimme.

„Und du bist die beste Tochter auf der ganzen Welt für mich!"

Plötzlich kehrt Ruhe in Noah ein. Er kann loslassen. Und spürt, dass Merle, Niki, wohl auch Lily, Joel und Momo da sind, weil sie an ihm etwas entdeckt haben, das er selbst erst finden musste. Seine Gabe zu finden. Zu entdecken. Was da ist. Um ihn herum und in den Menschen. Es stimmt, sie nehmen ihn alle einfach mit. Weil er da sein kann. Zuhört. Und manchmal weiß er dann, was fehlt, was zu tun ist. Weil die anderen schon wieder ins nächste Abenteuer aufbrechen.

„Meine kleine Prinzessin. Kannst du noch ein Papa-Tochter-Geheimnis für dich behalten?"

Nicken.

„Joel hat mir erzählt, dass du für Mama einen wunderschönen Ring entdeckt hast. Ich möchte ihn ihr schenken. Zeigst du ihn mir?"

Niki fliegt ihrem Papa um den Hals. Endlich. Na klar. Und sie wird heute Abend auch ganz sicher lieb sein bei Momo und da schlafen.

Diese eigenwillige Stille, Einsamkeit. Kann er sie durchbrechen, indem er Merle die Hand reicht?

Die Ordnung der Dinge

Mit einem Mal ist eine ungeahnte Ruhe da. Alle in der jeweils eigenen Welt mit den Gedanken. Als füge sich etwas. Das lange in Unordnung war. Niki und Momo bauen ihre kleine Holzschiff-Flotte um Noah herum. Als würden sie ihn krönen inmitten eines Meerreiches. In dem die Naturgewalten den Rhythmus ihrer Bewegungen vorgeben. Und Noah lässt sich tragen von den Wellen. Ist in seinem Element. Irgendwann treffen seine Augen auf Merles. Da ist sie, seine Frau. Als erkenne er sie zum ersten Mal. Langsam öffnet er seine Hand in ihre Richtung. Sie ist berührt, überrascht über diese Geste. Und folgt ihr. Noah zieht sie zu sich, auf seinen Schoß, vorsichtig an den Kindern vorbei. Erst jetzt bemerkt sie, dass auch Joel und Lily in die Welt der Kinder mit eingebunden sind. Und dass ein unsichtbares Band die beiden verbindet. Wie sie und Noah. Und eins Momo und Niki.

Wie hat es sich ergeben, dass sie alle, einer nach dem anderen eintreffend, hier in der Abendsonne am Strand bei den Liegen sich gefunden haben? Und warum ist sonst niemand hier? Überhaupt ist eine eigenwillige Leere um sie, als hätten sie die Welt ganz für sich. Und warum sind selbst die Vögel still, schwärmen nur in Scharen gelegentlich von einem Ort zum anderen?

Der Himmel zeigt sich in den fantastischsten Farben, als kündige sich ein göttliches Schauspiel an. Der Abendstern funkelnd, als halte er den Dirigentenstab, als lasse er Stern um Stern über ihnen aufleuchten. Und all das während der runde Sonnenball sich in seltener Klarheit mit dem bloßen Auge sichtbar zielsicher auf den Horizont zubewegt. Auf der einen Seite.

Merle verfolgt die zweite Spitze der in entgegengesetzte Richtung sich öffnenden Schiffsformation der Kinder. Schüttelt den Kopf. Mond und Sonne zugleich am Himmel? Noah drückt sie fest an sich. Nichts sagen. Einfach gucken.

Und nur wenig später stehen die beiden Himmelskörper einander wahrlich gegenüber. Wie im Tanz, im Dialog. Von Angesicht zu Angesicht. Ehe die Sonne sich für sie hier und jetzt scheinbar schlafen legt. Und der Mond in voller Pracht alleine das Himmelsreich zu regieren scheint. Strahlend hell. Es ist Vollmond. Die Sternenbilder treten aus dem Himmelsgewölbe hervor. Momo und Niki stupsen sich an, zeigen auf das eine oder andere. Aber bleiben sitzen, still.

Merle ist immer verwunderter. Hat der Mond sie alle verzaubert? Aber wieder schließt Noah seine Umarmung noch fester. Mh. Weiter Ruhe! Und so lehnt sie sich endlich entspannt zurück. Lässt sich in seine

Nähe fallen. Und vergisst die Zeit. Vergisst sich. Ist einfach. In diesem Moment, glücklich. Und versteht die Welt nicht mehr. Wenn das der Schlüssel zum Glück ist, nicht denken, einfach da sein. Wollte sie die ganze Zeit zu viel, auch von Noah, und hat ihm nicht seinen Raum gelassen? Eigentlich weiß sie, er braucht immer einen Moment, muss die Dinge zuerst für sich finden, begreifen, ehe er reagiert. Manchmal dann sogar agiert. Und sie total überrascht. So wie vorhin. Wünscht sie sich diesen Zauber zu sehr, als sei er abrufbar, provozierbar? Kann man so etwas überhaupt wollen? Nein, wohl nur finden. So wie Noah. Er findet diese Momente. Und verzaubert sie. Als sei er ihr Lebenslicht. Oder halte es zumindest am Leuchten. Zuletzt aber schien es ihr, als sei es am Erlöschen. Flackere nur noch gelegentlich auf. Ist das ihre Einsamkeit in seiner Nähe, wenn er so unerreichbar für sie ist? Innerlich fällt Merle in einen schier endlosen Raum. Ohne Begrenzung, Anhaltspunkt, Richtung. Alles scheint sich aufzulösen. Ihr ist schwindelig. Nur Noahs ruhige Atemzüge sind wie ein Schwingen von endlosen Wellen, die sie dann doch tragen. Warum hört sie ihn nicht? Und die anderen? Ist sie noch da? Im leisen Plätschern der Wellen geht jeder andere, vielleicht noch ertönende Laut um sie herum unter. Die Kinder? Sie will hochschrecken. Ist aber wie gelähmt. Noah wird sie im Blick haben. Und er atmet. Ganz sicher. Sie zählt mit – ein und aus, ein und aus... nicht wieder kontrollieren wollen. Einen Versuch ist es wert. Wie viel Zeit ist eigentlich vergangen? Ihr fehlt jedes Gefühl. Und während sie langsam zu sich kommt, fragt sie sich, warum das helle Mondlicht nicht mehr durch ihre Augenlider dringt. Reflektiert vom Wasser. Es scheint dunkler – wie ihr erlöschendes Licht? Sie erschrickt. Aber da ist diese Wärme, in ihr. Und Noahs von außen. Nein, innerlich beginnt sie wieder zu leuchten. Ist es deswegen um sie herum dunkler, weil ihr Licht einfach heller ist?

In dem Augenblick streichelt Noah über ihre Hand, stupst sie mit seiner Wange leicht an ihrer. Augen aufmachen. Vorsichtig kann es nicht schaden. Schnell wieder zu. Nein, doch auf.

Merle blickt in einen hellen, kupferroten Mond mit einem ebenso hellen, aber bläulichen Schatten drum herum. Was in aller Welt?

Niki und Momo springen auf, als habe der Mond sie hypnotisiert.

„Da ist er, unser Drachenmond!"

„Und wunderschön. Als käme er auf uns zu!"

„Meinst du, man könnte einmal um die Erde darauf mitfliegen?"

„Wie auf Drachen, bestimmt!"

„Ich würde mir einen wunderschönen, kupferroten Drachen mit strahlend blauen Augen für meinen Erdumrundungsflug wünschen."

Momo und Niki purzeln vor Schreck über ihre eigenen Füße und einander gleichzeitig. Sand ist zum Glück nicht so hart.

Merle macht mit? Niki neigt ihren Kopf von einer Seite zur nächsten. Doch es ist ihre Mama. Wow, was der Mond alles kann. Das sollte nun regelmäßiges Nachtprogramm sein. Vollmond und am besten mit Finsternissen.

Mimi, Fred, Ike, Lulu und Leon zucken nicht minder zusammen. Die reglose Gestalt im weißen Tuch zwischen ihnen scheint plötzlich zu atmen. Sollte das Wunder wahr geworden sein und Merle hat ihr Lebenslicht wiedergefunden? Mimi pocht das Herz bis zum Hals. So genau hatte sie sich den Feenprinz da vor ihr bislang nicht angeschaut. Nun wird sie eine Weile länger mit ihm auskommen müssen. Und auch sie plumpst vor Schreck erstmal aus der Luft, würden die anderen sie nicht halten. Kupferrotes Haar und blaue Augen. Kaum hat er sie geöffnet.

Ist das die Ordnung der Dinge?

Ungläubig blickt sie zwischen Mond und Feenprinz hin und her. Woher auch noch Merles Wunsch eines kupferroten Drachens mit blauen Augen? Die anderen staunen nicht minder. Nur Lulu denkt schon wieder konzentriert nach. Löst ihre Hand vom Tuch, übergibt an die jeweils zweite Hand von Leon und Fred neben ihr. Werden sie schon schaffen.

Und schwups ist sie in der Luft. Unbemerkt von hinten anfliegen. Hat sie es doch geahnt. Merle hat sich die Haare gefärbt. Was hat sie gegen kupferrote Haare? Die würden zu ihren strahlend blauen Augen doch passen. Hat sie selbst gerade gesagt. Wünscht sie sich, einfach sie selbst sein zu können – und deswegen der Drachen als Abbild ihrer selbst? Hat sie sich im Spiegel des Mondes erstmals wiedererkannt? Aber zu diesen Sinnkrisen-Dingen später. Zuerst das übergeordnete Ganze.

Wups, Lulu taumelt für einen Moment. Na klar, sie hat eine unglaubliche Ähnlichkeit mit Momo. Auch diese dunkelblonden, manchmal sanft rötlichen Strähnen. Und seine Augen. Deswegen kann sie darin sehen, was ihn bewegt. Wie bei Muscheln. Immer nur zwei Hälften passen genau zusammen. Und die müssen sich finden.

Und Fred? Warum hat sie sich die Augen der anderen nie so genau angeschaut? Sie erinnert ihren Blick, das Gefühl, weiß, sie würde sie allein an ihren Augen in Abermillionen anderer Augen erkennen. Aber ihre genaue Farbe und Form?

Leon und Fred zucken vor Schreck zurück. Lulu schwebt kopfüber über ihnen. Hält erst Leons, dann Freds Gesicht ganz fest in ihren Händen und blickt ihnen tief in die Augen. Ike und Mimi halten gleich von selbst still.

Fred und Lily passen zueinander mit diesem eigenwillig wunderschönen Grün-Blau um einen braunen Iris-Ring. Das weiß Lulu so. Mimi und Noah mit diesem tiefen Braun auch. Leon und Niki in Smaragdgrün ebenfalls. Ike? Okay, wie unbemerkt sich Joels Augen nähern? Von der Seite könnte funktionieren. Klappt. Wow, ein irres Braun. Ganz anders als Noahs, eben Ikes. Als strahle es.

Alles in bester Ordnung.

Lulu platzt mit ihrer gewonnenen Erkenntnis mitten in das Schweigen der anderen. Die immer noch den Erwachenden in ihrer Mitte betrachten. Reichlich gespannt, wann er wohl etwas sagen wird. Und was?

Und keiner antwortet ihr. Puh, haben die eine Geduld. Lulu nicht. Der Länge nach im Schwebeflug über den Herrn da im Tuch.
„Aufwachen ist eins. Aber wie wäre es mit mal aufstehen? Ausgeschlafen solltest du sein?!"

Ein Grummeln. Lulu überlegt. Schrecken einjagen hilft.

„Hey, dein Mond steht am Himmel. Kupferrot, mit hellem blauem Schatten. Und wenn ich das richtig verstanden habe, nicht mehr für lange...!"

Sie kann gerade noch zurückweichen, damit sie nicht eine ordentliche Kopfnuss bekommt.

Das war wohl der richtige An-Schalter.

„Wer bist du überhaupt?"

„Elija."

„Lulu, Leon, Fred, Mimi, Ike."

Das dauert sonst jetzt ewig.

Elija mustert die ihn erwartungsvoll anblickenden Feen um ihn herum. Wow, so viele, da muss er ja lange geschlafen haben. Aber dazu später.

Sein Mond. Wahrlich, da ist er. Kaum weicht Lulu zur Seite, durchfährt Elija eine eigenwillige Kraft. Eine Art Energie. Ausgehend vom Mond. Angekommen in seiner Brust, leuchtet dort ein Amulett auf.

Richtig. Sein Drachenstein. Erschrocken greift er hinter sich. Und atmet erleichtert durch. Merles ist auch noch da. Sicher eingenäht in das Rückenteil seines Gewandes.

Mit der Kante eines Flügels durchtrennt er geschickt die Nähte und holt ihn hervor. Lulu, wie immer ohne Scheu, packt mit an. Endlich geht es mal vorwärts. Und ordentlich spannend ist es.

Warum er tut, was er tut, weiß Elija gerade nicht. Aber er weiß, er muss es tun. Merles Drachenstein vorsichtig vor ihm ins Tuch gelegt, eben so, dass der Mond ihn ganz berühren kann, nimmt er seinen Drachen-stein ab und legt ihn um den Hals des Steindrachens. Stein an Stein auf Höhe des Herzens. Und plötzlich durchfährt ein sanftes Leuchten Merles Drachen. Und wieder. Und wieder. Als beginne ein Herz zu schlagen.

Verwundert starren alle auf das Schauspiel. Was in aller Welt geschieht hier gerade? Mit einem Ruck erhebt sich der soeben noch versteinerte Drachen. Schüttelt sich, breitet seine Flügel aus. Und schmiegt sich mit seltsam vertrauter Geste bei Elija an. Der, selbst reichlich verwundert, die Welt nicht mehr versteht.

Die Letzten werden die Ersten sein

„Die Zeit ist gekommen. Wir müssen aufbrechen."
„Wir sind doch gerade erst aufgewacht."
„So steht es geschrieben – die Letzten werden die Ersten sein... sechs von euch, sechs von uns, zwölf an der Zahl."

Mimi blickt Elija eindringlich an. Das ist ihr Gefährte also... das Wieder-sehen mit Fred hatte sie ja reichlich überrascht, freudig und doch un-erwartet. Vertraut und doch plötzlich klar. Von Ike erfuhr sie erst später. Fast zu ihrer Erleichterung.

Ike und Fred ruhen längst in ihrem Einvernehmen.

Elija ahnt noch nichts von den Zusammenhängen. Aber Eile mit Weile.

„Solange wir nicht wieder getrennt werden!"
Alles, nur nicht wieder von Leon getrennt werden. Der nickt nur.

„Nein, wir werden fortan gemeinsam unterwegs sein. Unsere Zeit mit den Menschen ist einstweilen zu Ende. Bis sie uns wieder rufen."

Da konnte doch nur ein Haken sein. Lulu und Leon schütteln im gleichen Takt heftig den Kopf. Ohne sie!

Doch der Drache spricht unbeirrt weiter.
„Ihre Herzen schlagen nun im gleichen Takt, immer zwei in einem. Und so werden sie uns in sich von selbst finden. Wir sind sie. Und sie sind wir."

„Heißt das wir lösen uns auf?"
Lulu empört und ungläubig. Und ein wenig ängstlich.

„Ganz und gar nicht. Sie lassen uns frei. Weil sie nun stark genug sind, ihren Glauben und so sich selbst zu finden."

„Und wo gehen, fliegen oder was auch immer wir dann hin?"
Alle anderen überlassen Lulu die Fragen.

„Wo möchtest du denn hin?"

Schulterzucken und fragender Blick in die Runde. Etwas Eigenes wollen außerhalb der Welt ihrer Lebenslichter?

„Können wir wirklich von ihnen weg und ohne sie sein?"
Die Erinnerungen an die Anfänge, Freds Geschichten, ihre Erkenntnisse... auch Fred ist ein wenig bange. Von den anderen ganz zu schweigen.

„Sagt euch Halkyon etwas? Der antike Dialog zwischen dem Philosophen Sokrates und seinem Schüler Chairephon?"
Kopfschütteln und nicken durcheinander.
„Sie diskutieren die Frage nach dem Erkenntnishorizont des Menschen", setzt Fred an.
„Der ist ausreichend beschränkt – manchmal..."
Lulus schwarzer Humor – entlockt aber allen ein Schmunzeln.
Freds mahnender Blick.
„Halkyone, die Tochter des Windgottes Aiolos ist mit Keyx, dem Sohn des Morgensternes Heosphoros verheiratet. Nach dem Tod des Gatten irrt sie untröstlich ihn suchend umher. Bis die Götter sie aus Mitleid in einen Eisvogel verwandeln."
Ups. Lulu blickt Leon ganz fest an. Nein, lieber weg von den Menschen und bei Leon bleiben!

„Und so stellt sich die Frage: was ist Verwandlung, Transformation, Metamorphose jenseits des eigenen Ichs. Ist diese für ein einzelnes Lebewesen überhaupt erfassbar?"
Ike hat den Faden aufgegriffen und weitergesponnen.

Der Drache nickt. Zustimmend. Ermunternd.

„Im Wandel der Zeit der Wandel der Wesen – symbolisch als Wandel ihrer Gestalt… wer sind wir heute, der wir gestern noch nicht waren und morgen auch nicht mehr sein werden…"

„Wir eben, wie wir hier sind, eben waren und gleich sein werden. Wir als wir. Immer wieder."

Jeder bei sich und doch wenigen ganz nah. Ein ganzer Raum beginnt zu schwingen…

„Berührung wie eine gemeinsame Welle, ein Schwingen, ein Pulsschlag wie bei Schlafes Bruder. Wunderschön. Die Zeit anhalten für diesen Augenblick. Einfach nur sein. Nur spüren, fühlen, nichts in Worte fassen. Etwas das einfach passiert. Dann wenn es sein soll. Aber dann brauchen wir Mut. Kurz inne zu halten und zu fühlen, uns tragen, uns berühren zu lassen. Nicht mehr zu wollen, nicht mehr zu wünschen. Dann ist alles unendlich. Unendlich nah und fern. Unendlich lang und kurz. Dann ist das ‚wir' – dieses eine du und ich – unendlich."

Lulu ist knallrot geworden. Leons Liebeserklärung. Unerwartet. Und so… ja, so klar. Die anderen sind perplex. Der Drache nickt.

„Wir müssen uns aufmachen, eure Drachen zu wecken – jeder seinen."

Und in diesem Augenblick geschieht das nächste Wunderliche. Der Drache löst sich als Lichtgestalt aus sich selbst – scheinbar. Zurück bleibt der Steindrache. So wie ihn die Menschen sehen, kennen. Sein wahres Ich nur spüren, kaum dass sie ihn berühren. Manche von ihnen zumindest.

Vom Tropfen der Zeit

Irgendwie haben es alle mit vereinten Kräften geschafft, ihre sechs Lebenslichter mitsamt ihren sechs Steindrachen in die nahe Tropfsteinhöhle zu bewegen. Kaum im Inneren dieses gewaltigen Naturbauwerks aus Raum und Zeit angekommen, in dem jeder fallende und aufkommende Tropfen hallt als rufe er die Ewigkeit, trauen sie ihren Augen nicht. Nicht nur dass unten und oben, Decke und Boden vielfach wie ein Spiegel ihrer selbst wirken. Was an einer Stelle tropft und so langsam einen dieser wundersamen Steinzapfen formt, bildet eben dort, wo der Tropfen aufschlägt, einen weiteren.

Auch Momo wirkt wie im Bann.

„Ist das eine Sanduhr in advanced vom lieben Gott? Und irgendwann stellt er einfach alles auf den Kopf?"

Aber kaum seinen Gedanken ausgesprochen, erinnert er die Rundung der Weltenkugeln. Ganz so einfach also doch nicht.

Kann man innen drinnen etwas auf den Kopf stellen? Wie immer fest in Lilys Hand eingehakt, lässt er sich einfach zur Seite kippen, bis er schließlich die Dinge wirklich fast umgedreht betrachtet.

Oh richtig. Die Tropfen. Sie fallen. Sonst würden sie ja fliegen. So wie wenn man einen Film plötzlich rückwärts spult und alle rückwärts laufen oder das Wasser in den Wasserhahn fließt anstatt aus ihm raus kommt. Also zurück. Die Tropfen sind das Lot.

Tick – tack – tick – tack...

Das Lot aus Raum und Zeit. Ob die wohl manchmal schneller oder langsamer werden? Bestimmt. Die Tropfsteine wachsen ja auch, oder schrumpfen. Weil ihnen ein Zacken aus der Krone bricht. Oder weil das Wasser sie auswäscht, um sie direkt darunter als ihr Pendant, ihr Spiegelbild anzuhäufen.

Jeder Tropfen also ein Tropfen der Ewigkeit. Und noch einer. Und noch einer. Momo und Niki haben mit einem kurzen Nicken, grinsend natürlich, auf drei einfach die Händchen ausgestreckt. Jetzt ist das Wasser ihres. Bis es überläuft. Und unter ihrer Hand weitertropft. Oder – ups, kalt und nass – in den Ärmel läuft.

Versteinern sie jetzt? Nein, nichts passiert. Sehr gut. Also weiter. Tropfen um Tropfen. Augenblick um Augenblick.

Hat Noah nicht etwas vom Reinigen der Steine im Wasser gesagt? Niki blickt konzentriert auf den ewigen Raum vor ihr. Eigentlich kommen sie ihr sauber vor. Äußerlich. Aber dieses Wasser hier scheint anders zu sein. Reiner, klarer, ursprünglicher.

Wieder Nicken gemeinsam mit Momo. Als könnten sie ihre inneren Stimmen gerade gegenseitig hören. Schwups, schwups, schwups, schwups – die vier von den Großen, einfach schnell aus der Tasche...

und schwups, schwups die eigenen dazu. Alle in ein kleines Holzkäst-chen.

Aber wo?

Lulu, Leon, Fred, Ike, Mimi und Elija haben das Schauspiel staunend betrachtet. Neugierig und mit echtem Lampenfieber fliegen sie wild um-einander wirbelnd hinter Niki und Momo her. Die quer durch die ganze Tropfsteinhöhle nach der einen Stelle suchen. Und wirklich, da ist sie. Sogar erreichbar, na ja, in fast erlaubter Weise. Nur ein klein wenig vom Weg auf die leicht unterhalb liegende Steinformation klettern... in deren Mitte das Wasser anstelle eines weiteren Emporkömmlings eine kleine Mulde zu formen scheint. Die eigenartig grünlich schimmert. Kleiner Test. Ja, nicht zu kalt, fühlt sich gut an und riecht – nach Was-ser. Also rein da. Einzeln? Kippen? Schulterzucken. Rutschen! Schwups vom Rand ins Wasser, einer nach dem anderen bis der Kreis von allen Seiten geschlossen ist.

Momo und Niki purzeln vor Schreck fast noch ein Stück tiefer. Ein Leuchten, heller als sie es jemals hier unten für möglich gehalten hätten. Als käme es aus der Mitte der Drachensteine. Und lasse diese funkeln wie sie sich sonst nur die Sterne vorstellen.

Und auch die sechs in der Luft sind völlig perplex. Vor ihren Augen erheben sich die wunderschönsten Drachen aus purpurnem Licht. Wie aus einem langen Winterschlaf. Strecken ihre Glieder und Flügel, blin-zeln – als wenn nicht sie diejenigen sind, die alle anderen am meisten gerade erleuchten, fast blenden würden. Nur Elijas Drache wirkt schon ein wenig mehr bei Sinnen. Stupst den Reigen freundlich an und weist mit einem Kopfnicken in Richtung der sechs in der Luft. Die wie versteinert darin still stehen.

„Der Ruf der Zeit. Es hat sich ereignet. Wir sind vollzählig."
Und damit erheben sich die sechs Lichter, verschmelzen kurz zu einer Art Lichtkegel miteinander. Und öffnen sich in gespiegelter Formation der sechs in der Luft. Schweben zu ihnen, umgarnen sie. Bis sie sich endlich wieder rühren.

„Wer seid ihr wirklich?"
Lulu wieder vorneweg.

„Wir sind, wer ihr seid. Ihr seid wir. Aber ihr musstet uns erst finden."
„Du meinst wohl, euch in uns finden?!"
Wenn schon, dann präzise bitte!
„Ja – ... sag' mir, was fühlst du, wenn du mich berührst?!"
Lulu streckt vorsichtig ihre Hand nach dem Lichterdrachen aus. Bislang hat sie einfach still gehalten, geschehen lassen.
„Wirkliche Berührung. Die wunderschön ist. Die mich gerade hebt und hält. Ganz für mich."
Augen zu, nur fühlen.
„Die mich träumen lässt."
Seufzer.
„Die mich lieben lässt."
Lächeln auf ihren Lippen.
„Wirkliche Liebe. Dieser Moment. Wie ein Funke. Ein Licht. Ganz für

mich. Ich spüre mich."

Zweite Hand an den Drachen, der sich sanft einschmiegt. Und auch die Augen schließt.

„Und weil ich das tue, merke ich, wie sehr ich Leon liebe. Weil ich mich im nächsten Moment vergesse. Und nur noch ihn spüre. Und dann wieder mich. Dann wieder ihn. Immer nur ganz kurz beides zusammen. Es ist mehr wie ein Wechselspiel in mir."

Alle blicken auf Lulu mit ihrem Drachen, die erstmals ganz ruhig und sanft spricht. Nicht mehr vorwitzig schnell verstehen möchte.

„Es ist wie sich immer wieder neu begegnen, berühren. Immer ein wenig weiter im Strom der Zeit und des Fühlens und des Seins. Wie immer wieder erwachen, aus Momenten, aus dem Pendeln zwischen du und ich. Immer wieder uns suchen und so den anderen in uns finden, weil wir uns neu finden – und auch neu erfinden. Und so immer wieder Liebe, unsere Liebe, aber auch das Geliebt-Werden neu begreifen."

Lulu öffnet langsam ihre Augen.

„Gibt es deswegen die Drachengeschichten der Menschen? Wenn sie aus Liebeskummer krank werden oder jemand ihnen ein Schwert ins Herz rammt, ihr Drache müde wird oder gar stirbt? Weil sie dann uns in sich verlieren, zumindest eine Zeit, und dann euer Leuchten..."

Mh, da ist noch ein Haken.

Leon, längst angeschmiegt auf dem Rücken seines Drachens, beobachtet Niki und Momo. Wie sie mit ihren Händchen im Licht spielen. Direkt über den Drachensteinen. Doch es macht Sinn.

„Mit euch sind wir viel schneller. Und ihr seid unsere Verbindung zu den Menschen, oder? Wenn sie ihren Stein zu sich nehmen, dann rufen sie uns – und ihr bringt uns zu ihnen."

Leon senkt seinen Blick. Als komme er ganz bei sich an. Denn da ist noch etwas. Kaum hat der Kosmos seine Ordnung unter ihren sechs Lebenslichtern gefunden, ist es an ihnen sechsen, sich und das jeweilige Pendant zu begreifen. Das ist der Moment der Freiheit. Sie dürfen aufbrechen.

„Je weiter wir uns aufmachen, desto größer wird der Raum von Niki und Momo und den anderen vieren. Und dem Baby, oder?"

„Ja, es wird in eine andere Welt geboren als die beiden..."

Alle blicken zu Niki und Momo und ihrem Licht- und Schattentanz.

„Ike und Fred werden beizeiten zurückkehren und das kleine Weltenwesen und sein Lebenslicht begrüßen, eine Weile begleiten. Und wir werden bei ihnen sein."

Ikes Drache hat eine wunderbar sanfte, tiefe Stimme.

„Sag' bloß die Fee – Prinz oder Prinzessin – muss nicht durch die Glühwürmchen-Nummer und alles danach durch?"

Gut finden oder gemein? Lulu ist unentschieden. Würde einiges abkürzen, aber dem Würmchen diesen Teil der Erfahrung ersparen...? Na ja, was Fred alles durchmachen musste und wovor sie durch ihn verschont blieben... ist wohl gut so, dass es immer weiter geht.

„Ihr habt das Licht entdeckt?"

Lily und Joel haben Niki und Momo unbemerkt gefunden.

Nicken mit verstohlenem Blick auf ihren etwas abwegigen Standort.

„Wisst ihr wo es herkommt?"

Kopfschütteln.

„Folgt dem Lichtkegel!"

Stimmt, sie waren so im Bann der leuchtenden Steindrachen und des Lichts unmittelbar darüber, dass sie gar nicht nach oben geschaut haben.

Es braucht eine ganze Weile bis sie sehen können, gegen das Licht. Und da entdecken sie ein kleines Loch im Erdreich über ihnen. Sonnenlicht?! Und der ganze Regen und Schnee, na ja, falls es hier im Süden mal schneit. Aber es sieht so rein aus. Noch nicht einmal als sei Erde darüber. Oder vielleicht Gras.

„Wisst ihr, was dort oben ist?"

Wieder Kopfschütteln.

„Ihr habt es vorhin schon bemerkt."

Nachdenken. Der Tag war ohnehin spannend und voller neuer Dinge. Am Strand unten die eigentümlichen Felsformationen. Kurz darüber eine Empore mit einem Blick übers Meer, als habe der liebe Gott sich einen Sonnenbalkon gebaut. Die weißen Gebäude und Mauern – die viel heller und strahlender wirken als anderswo. Und jetzt diese Höhle...

Oh richtig!

„Der Leuchtturm!"

Wie aus einem Mund.

„Mhm. Und oben im Gemäuer gibt es eine Luke. Immer wenn die Sonne auf einer bestimmten Bahn läuft, trifft sie genau darauf. Dann kommt das Licht bis hierhin. Wie es die Ägypter teilweise mit ihren Pyramiden machten. Das Licht einfangen. Für einen Moment. Einen Augenblick lang. Ehe es für ein ganzes Jahr in der Klarheit wieder verschwindet. Die Tage davor und danach die Luke streift, aber nur an einem Tag seinen Weg bis in die Unterwelt findet. Wenn keine Wolke am Himmel ist."

Niki und Momo und natürlich die sechs auf dem Rücken ihrer Drachen blicken auf den Lichtkegel. Als wollten sie ihn für immer in sich aufnehmen. Zufall? Geplant? So gewollt? Egal. Gut so, dass es so ist. Scheint richtig.

Ein kurzes Flackern. Das Licht wird dunkel. Leuchtet noch einmal auf. Und verschwindet mit einem Schlag.

Ganz warm und rein heben Niki und Momo bedächtig Steindrachen um Steindrachen in die kleine Holzkiste. Später wird jeder seinen wiederbekommen.

Lulu und Leon betrachten ihre beiden Schützlinge. Ein tiefes Vertrauen in sie ist gewachsen. Und so spüren sie plötzlich, warum es Zeit ist zu gehen. In jenen Teil des Raums und der Zeit aufzubrechen, den nur sie wirklich erreichen können. Damit Niki und Momo des Nachts in ihren Träumen dorthin finden. Und so jenen Teil von sich begreifen, der ihnen sonst verborgen bliebe.

Wie eben Niki und Momo nicken Leon und Lulu sich nur kurz zu, als hörten sie gegenseitig ihre Gedanken. Und weisen wie ein Reiter zu Ross ihre Drachen mit einem sanften Fersenzeichen zum Abflug an. Die, als hätten sie auf nichts anderes gewartet, durch die Lüfte stieben. Kopfüber an der Decke entlang, im Sturzflug zum Boden, schneller als der Luftzug hier durch die Steinformationen. Und – wie hätte es auch anders sein können – durch die Deckenluke dem Licht entgegen. Die vier anderen sicher hinter sich.

Als habe sich dort unten etwas ereignet, das sich ihrer bewussten Kenntnis und Wahrnehmung entzieht, fühlen Niki und Momo sich seltsam frei und verwandelt. Ein ganzes Stück größer. Innerlich. Als sie langsam Steinstufe um Steinstufe zum Tageslicht emporklettern.

Und auch ihren Eltern bleibt nicht verborgen, dass mit ihren Sprösslingen in der Höhle etwas passiert sein muss. Was auch immer. Aber es fühlt sich gut und richtig an. Sie sind ein wenig mehr sie selbst. Was auch immer das nun bedeuten wird.

Himmelsleiter

Ein Platzregen. Als öffne sich der Himmel und gieße einfach das Wasser über ihm aus. Noah zieht reflexartig den Pullover über den Kopf. Und schlüpft einfach unter das Dach. Ein Dach hier mitten zwischen den Bäumen und Wiesen. Erst drinnen begreift Noah, dass er in einer kleinen Kapelle ist. Im Grundriss ein Achteck. Und über ihm eine wunderschöne Kuppel. Eine heilige Mutter Maria mit dem Jesusknaben auf dem Arm. Sie lächelt ihm liebevoll zu. Als habe sie auf ihn gewartet. Und gewusst, dass er kommen würde. Maria, die Schutzheilige der Liebe. Zumindest für ihn.

Noah stützt sich auf die Lehne der Bank vorm Altar. Betrachtet das große Bild, das im Laufe der Zeit dunkel geworden scheint.

Paulus' Begriff der Gemeinschaft

in der Ferne

in der Fremde

doch verbunden

im Glauben

mehr einem inneren Verständnis von etwas, das immer individuell, einzigartig ist, wie die Vorstellung von blau, rot, grün, gelb, wenn man die Farbe nicht gerade gemeinsam betrachtet.

Deswegen wohl auch ohne ursprüngliches Götterbild, damit sich jeder ein eigenes macht.

Manch' einer als Abbild seiner selbst, Noah schüttelt den Kopf, nicht seine Variante. Das tat schon Friedrich Nietzsche nicht gut, der so in einer Spirale nihilistischer Gedanken endete und schließlich fragte, wenn es einen Gott gäbe, wie könne er dann nicht Gott sein. Immanuel Kant, a priori, wie wir sind, ist auch Gott. Besser. Beruhigender. Gewisser. Seiner selbst gewiss. Davon würde Noah sich gerne ein Stück abschneiden. Wenn er noch einmal auf den Schoß der Mutter Maria klettern und von dort blicken könnte. Noch einmal Sohn wäre und auf die Welt schauen dürfte.

Die anderen stolpern vor Erstaunen fast übereinander als Noah sie, eigentlich ebenfalls schutzsuchend, auf einem alten Stuhl hinterm Altar in einer etwas merkwürdigen Pose auf sie herabblickend empfängt. Da ist es. Diese Verwunderung in ihren Augen. Über das was sie sehen. Was sie nicht recht glauben wollen, und doch einfach so ist.

„Geht es dir da oben besser?"

„Ja. Jetzt gerade schon. Das verändert die Perspektive."

„Nicht zu übersehen. Und was zeigt sich dir?"

„Eher offenbart. Eure Ungläubigkeit. Im ersten Moment. Die dann aber einer Art Gewissheit weicht. Ich stehe nämlich wirklich hier."

Interessantes Experiment. Von wem auch immer. Unabgesprochen blicken die drei halb im Trockenen, halb noch im Regen stehenden Erwachsenen in die Kuppel. Ob von da oben jetzt vielleicht noch irgendein Zeichen kommt?

Nichts. Zumindest nichts, was sie sehen könnten.

Ihn beten sie also nicht an. Er ist nur Stellvertreter. Noah stutzt. Intuitiv haben sie ihren Blick Richtung Himmel gewandt. Zum lieben Gott?

Ja, mein lieber Gott, wenn du da oben als heiliger Vater thronst... Noah wird schwindelig, aber er fängt sich sofort wieder. Die Erde hat eine Art Kugelform. Überall ist oben ohne eindeutiges Oben. Oben ist immer individuell. Unten also auch.

Wie lange ihn der Stuhl noch hält? Still stehen hilft. Also, zurück zum Drehbuch. Er also der Jesusknabe, fürs erste zumindest, mit der Mutter Maria. Prüfender Blick, ja, sie ist noch da und lächelt ihn immer noch an. Augenblick. Wieso lächelt sie ihn noch genauso an? Ups, richtig, still stehen, der Stuhl unter ihm knarrt. Ob da oben etwas ist? Jemand?

Halt, an dem Punkt war er eben schon. Okay, ein Gedanke nach dem nächsten. Kant. Eindeutig. Er ist. So wie er jetzt hier steht. Noah. Yep, er kann sich anfassen. Verstohlen heiterer Blick zum Jesusknaben. 1:0 für mich. Ich bin schon vom Schoß runter und in der Welt. Noch nicht ganz geerdet. Absteigen hilft. Klappt. Stuhl zurück.

Sie schaut, egal was er macht. Links vom Altar, rechts, aus der Hocke, auf Zehenspitzen.

„Guckt sie euch auch an?"

„Ja."

Alle gleichzeitig.

Lily prustet laut los.

„Das ist eine bestimmte Maltechnik. Die Niederländer haben das in Bildnissen gerne gemacht. Und andere natürlich auch, etwa in Ikonen. Das ist nichts Göttliches."

Gut, dass es recht dunkel ist und keiner sieht, dass Noah rot wird. Hier hat es zumindest eine gewaltige Wirkung.

„Vielleicht ist es doch etwas Göttliches. Der Genius des Künstlers wird ja als solcher betrachtet. Vielleicht hat er doch die Finger im Spiel."

Noah horcht auf. Sinneswandlung bei Lily? Und irgendwie muss der liebe Gott sich ja bemerkbar machen. Wenn man schon kein ursprüngliches Abbild von ihm hat. Ihm?

Noah kann seinen Blick einfach nicht von den auf ihm ruhenden Augen nehmen. Ein mütterlicher Geniestreich? Die Welt an etwas glauben lassen. Denn auch der liebe Gott muss ja irgendwann das Licht der Welt erblickt haben. In persona vor ihm? Okay, so klappt das auch nicht. Dann wäre Jesus nämlich nicht der Sohn Gottes. Des heiligen Geistes.

Mit anderen Worten. Sie sind Personifikationen. Ideen einer Glaubens-
lehre, denen man Menschengestalt verliehen hat, um sie greifbar und
glaubhaft zu machen. So wie er sich eben selbst spüren und begreifen
musste, um sich zu glauben. Auch an sich. Hah, das ist es! An sich
glauben! Und wo um Himmels willen sind Momo und Niki?

„Habt ihr die Kinder gesehen?"

Aber ehe einer der Erwachsenen seine Sprache wiedergefunden hat,
ertönt von oben:

„Ganz oben, ist richtig schön hier!"

„Und wie in Gottes Namen seid ihr da hoch gekommen?"

Engelchen, Bengelchen, flieg' kann's nicht gewesen sein.

„Na mit der Himmelsleiter."

Himmelsleiter.

Das wird ja alles immer besser.

Konzentrierter Blick um 360 Grad. Alle quer durcheinander. Gelegentlich einander tief in die Augen. Begleitet von den bewusst halblaut ge-
flüsterten Wetten der Kinder, wer sie wohl entdeckt. Und wann. Und
wie.

Du zuerst

„Du zuerst."

„Nein, du zuerst."

Joel und Lily, die Schuhe im Flur noch nicht aus. Unabgesprochen
beide ein kleines Päckchen füreinander in der Hand.

„Okay, gleichzeitig."

„Okay."

„Schleife."

„Schleife."

„Papier."

„Yep."

„Deckel auf. Auf drei. Eins, zwei..."

„Auf."

„Ein Bärchen."

„Zwei Bärchen."

„Du zuerst."

„Nein, du."

„Meins ist noch ganz klein."

Joel umarmt Lily vor Glück.

„Spürst du es schon?"

„Im Herzen ja, sonst braucht das noch ein bisschen..."

„Und was sind die zwei?"

„Die sind schon größer..."

„Hast du doch schon Kinder?"

„Nein, nicht direkt. Also ein Kind ist auch dabei, aber es ist nicht meins. Und das zweite ist kein wirkliches Kind mehr. Eher..."

„Eher was?"

„Ein Mann."

„Ein Mann?"

Lily prustet los vor Lachen, weil Joel einfach zu schön guckt.

„Ein Kind und ein Mann. Und wo ist die Frau dazu?"

„Na ja, eben nicht da gerade, irgendwo in der Welt."

Na, das wird ja immer besser.

„Und was hat das jetzt mit mir oder uns zu tun?"

Manchmal spielen Joel und Momo so etwas wie ‚um die Ecke gedacht', nur in echt mit Lily.

„Wir haben doch noch die halb abgetrennte Wohnung, direkt am Garten…"

„Mieter?"

„Auch nicht ganz."

Lily überlegt. Ein Kind und ein Mann und Joel, der ihr irgendetwas schonend beibringen will.

„Einer deiner Arbeitskollegen?"

Kopfschütteln.

„Ein Freund?"

Wieder nicht.

Joel schaut Lily ganz ruhig an.

„Ein Kind und ein Mann, an wen denkst du, wenn nicht an mich und Momo und bald noch jemand?"

„Niki und Noah."

Nicken.

„Niki und Noah? Was in aller Welt willst du mir sagen?"

„Erinnerst du die Himmelsleiter-Geschichte?"

Nicken.

„Merle hat, kaum dass sie zurück waren, beschlossen, dass eigentlich erst einmal jeder für sich herausfinden muss, was sie von der Welt…"

„Die beiden sind da?"

„Noah rief mich an, in welcher Schule Momo sei und ob es okay wäre, wenn er mit Niki in die Nähe käme, damit sie Halt findet. … es war

einfach ein Gefühl. Ich habe ihm angeboten herzukommen. Vorausge-
setzt, du bist einverstanden damit?!"

Lily ist sprachlos. Über was am meisten, weiß sie gar nicht. Dass Joel
zu Noahs Retter wird. Dass sie mit zwei Männern, zwei, bald drei Kindern dann unter einem Dach lebt. Dass Merle, ja was eigentlich? Klar,
warum sollte sie es nicht tun. Die Spiegeltür im Café, sie hatte sich
lange im Bild, das die Kinder ‚raus in die Welt, sich selbst finden' getauft
hatten, betrachtet.

„Was ist mit Merle?"

„Sie haben wohl ihren Deal."

Lily holt tief Luft. Okay, dann ist die kleine Freiheits- & ‚ich-kann-alles-
alleine'-Königin jetzt die innere Mitte einer der verrücktesten Patch-
work-Familien. Auch gut.

„Bist du dir denn sicher, dass das für dich okay ist?"

„Ja. Bin ich. Mehr als ich es mit Worten ausdrücken könnte. Ich weiß,
du gehörst zu mir."

„Ja, das tue ich!"

„Ihr könnt rauskommen!"

Und damit fliegt die Terrassentür auf.

Ah, so viele Wahlmöglichkeiten hatte sie also wirklich. Lily lacht und
weint gleichzeitig. Ja.

Noah schaut sie lange, ruhig an.

„Danke! Ich wollte Joels Angebot erst nicht annehmen, weil ich dir nicht
wehtun möchte."

„Ist gut, wirklich. Nur an einem Tag von gleich drei neuen Familienmit-
gliedern zu erfahren..."

Damit holt Lily das Ultraschallbild heraus. Und kaum begreifen Momo
und Niki was sie sehen, tanzen sie vor Freude.

„Wir bekommen ein Baby, wir bekommen ein Baby!"

„Das hat noch Zeit! Aber ich bekomme eins, und ein bisschen ist das
dann auch eures, zum Üben für später..."

Niki und Momo bleiben wie versteinert stehen. Eigentlich ziemlich per-
fekt die Welt, zusammen groß werden und trotzdem heiraten dürfen,
denn sie sind keine Geschwister.

„Wo kommt deine Ruhe her, ist das Joel?"

„Auch. Und das Schreiben."

„Weiter unsere Geschichte?"

„Auch. Verrückterweise."

„Was noch?"

„Was immer mir unbegreiflich auf dieser Welt ist. Wie der Zauber der
Liebe... Gedichte."

„Darf ich es lesen? Joel hat mir davon erzählt."

Lily blickt durch alles in die Ferne.

„Ja. Als wenn ich euch herbei- und Merle freigeschrieben hätte."

„Dann hat es seinen Sinn, dass wir nun hier sind?"

„Ja. Weil dann kann ich auch von Anderem schreiben."

„Doch endlich von den griechischen Tempeln auf Sizilien?"

„Zumindest werde ich sie erwähnen."

Lilys schwarzer Humor.

„Joel hat mir eure Lebensbärchen geschenkt."

Lily nimmt Noahs Hand und legt sie sanft hinein.

„Sie sollten bei euch sein."

„Lebensbärchen?"

„Ja, das ist eine Geschichte für sich."

Joels und Noahs Blick treffen sich, kaum schmiegt Lily sich bei Joel an. Sie nicken einander zu. Ein stilles Einverständnis.

„Merle wird zu dir zurückkommen, hab' einfach Vertrauen."

Noah nickt. Woher Joel das nur nimmt? Er streichelt sanft über die Lebensbärchen. Morgen wird er eins für Merle besorgen. Und es dazu setzen. Sie schreibt, an ein vereinbartes Postfach. Aber er kann nicht antworten. Weil er nie weiß, wo sie ist. Nur einen Ort kennt er nun doch. Ihren in seinem Herzen. Ist sie raus in die Welt, damit er bei sich und damit bei ihr ankommen kann? Plötzlich ist Noah hellwach und konzentriert. Ist sie womöglich ganz nah und wartet nur darauf, dass er endlich aufwacht? Er schüttelt den Kopf. Nickt. Schüttelt den Kopf. Zuzutrauen wäre es ihr. Wo siehst du dich in drei Jahren, das war ihre Frage. Schulterzucken. Du dich, seine Antwort. Du zuerst. Nein, du zuerst. Sie ist zuerst aufgebrochen.

Noah lehnt sich nach vorne gegen seine Knie an einer Mauer. Er hat freie Sicht. Nach unten. In alte Gemäuer. Wo in aller Welt ist er hier? Und was bewegt sich da? Er zuckt zusammen. Niki? Momo? Kein Geräusch von ihnen. Nirgends zu sehen. Entsetzter Blick zu Lily und Joel, die ihn anlächeln. Und zu einem kleinen Treppengang neben ihm zeigen.

Stufe um Stufe abwärts. In einen wohlig warmen und trockenen Raum. Relikte aus der Römerzeit. Und die Kinder längst mitten drinnen.

„Du zuerst."
„Nein, du zuerst."
„Zusammen."
„Okay."

„Pa-pa-gai." „Pa-pa-pa-pa-gai-gai."

Ein Echo wie aus einer anderen Welt. Glasklare Töne. Ein Raum unter der Erde mit einem himmlischen Klang.

So war es also für Orpheus als er abstieg, seine geliebte Eurydike durch seine Musik frei zu handeln. Und nicht vertraute.

„Du zuerst."
Er hatte voranschreiten müssen. Und hätte einfach nur weitergehen müssen. Stattdessen blieb er stehen und drehte sich um.
„Nein, du zuerst."

„Ich zuerst", flüstert Noah zu sich selbst. „Ich zuerst... du darfst mir folgen, wenn du möchtest."

Das Tor

Mitten in der alten römischen Ruine.

Noah, eigentlich Historiker, dann aber...

Zeit – ein Kunstgriff, oder ein Geniestreich, wir können über sie nur ein wenig bestimmen. Wenn wir das Glück der Freiheit haben, wie wir sie verbringen wollen, wo, mit wem. Aber sie rinnt, unaufhörlich, stetig, immer gleich, egal ob wir sie anhalten oder vorantreiben wollen. Egal ob wir sie herbeisehnen oder zu Ende wünschen. Sie ist der ewige Hall, der ewige Raum, das ewige Sein. Immer und zu allen Zeiten. Auch zu dieser. Hier und jetzt. Hier – eine Zeitangabe? Letztlich ja. Wenn Raum entschleunigte Zeit und damit jeder Ort ein Teil des Zeitenraums ist. Dann ist unsere Ortsbestimmung immer eine historische. War – ist – wird. Ist wird war. War wird ist. Egal wie rum man sich dreht. Für jedes Grad im eigenen Kreis um das ‚Ich' ist immer nur die Frage der Perspektive ausschlaggebend: ob war zu ist oder ist zu war wird. Der Kreis die Dopplung der Zeit? Sind wir einmal zur Hälfte rum, wiederholt sich alles nur umgekehrt? Und doch ist es neu, weil wir eine halbe Kreisdrehung durchlaufen mussten um anzukommen? Der ewige Lauf der Zeit. Unaufhaltsam. Egal ob wir nach hinten oder nach vorne schauen. Ob wir hinten zu vorne machen. Sie rinnt. Haltlos, endlos. Und immer weiter. Als brauche sie, ja habe sie gar keine Richtung. Sondern sei an sich. Immer und überall, losgelöst vom Raum.

Noah steht wie versteinert vor dem Tor. Na klar, die Erde dreht sich. Sie rotiert. Permanent und unaufhörlich. Nicht ganz senkrecht im Vergleich zu Sonne und Mond. Aber wer sagt schon, was die zentrale Achse ist. Kann ja auch sein, dass Sonne und Mond sich nicht ganz im Lot bewegen.

Also, zurück zur Erde: ihre Zentrifugalkraft bewirkt, dass so wie er hier steht, innerhalb von 24h eben genau diesen einen Kreislauf um sich selbst erlebt, ohne sich zu rühren. Wieder an diesem Punkt, hier und jetzt angekommen, es ist der gleiche – und doch nicht. Weil zu einer anderen Zeit.

24h sind 1.440 Minuten geteilt durch 360 Grad sind 4 Minuten. Alle vier Minuten ist er ein Grad weiter. Alle Minute ¼ Grad. Also ¼ Grad älter. Von x mal 360 Grad. Die Lebenszeit in Rotationen um uns selbst messen?

Man muss sich gar nicht umdrehen wie Orpheus, um nach hinten blicken zu können. Einfach weitergehen. Was hinter einem liegt, bringt die Erde ganz von selbst vor uns. Na ja, im übertragenen Sinne natürlich. Aber damit ist der Blick auf den rückliegenden Weg immer ein Blick nach vorne.

Noah nickt. Ja, das ist er. Wäre er bis hierhin nicht gekommen, könnte er den nächsten Schritt nicht tun. Aber welcher ist das?

Er streckt seine Hand aus und drückt die Klinke des großen Tores vor ihm runter. Offen? Einfach so?

Einen Spalt weit geht es von selbst auf. Bleibt dann aber stehen. Leichter Druck. Doch verschlossen? Ein eigenwillig vertrauter Geruch strömt

Noah entgegen. Von was? Er erkennt ihn nicht. Unbewusst lehnt er sich gegen das Tor. Und es bewegt sich. Erst langsam. Schwerfällig. Und je mehr Noah seine Gedanken frei lässt. Nicht mehr bewusst will, sondern nur spürt, desto leichter geht es auf, ein eigenwilliges Ankommen. Mitten in der Unterwelt?

Ein langer Gang, direkt vor ihm. Sanft erleuchtet. Wahrscheinlich ein automatisches Lichtsystem. Große, uralte Steine. Zusammengesetzt zu einem unglaublichen Mauerwerk. Schritt um Schritt vor. Und je mehr seine Augen sich an das eigenwillig warme Licht gewöhnen, desto mehr erkennt Noah die Struktur in den Steinen. Sie müssen einmal in Form geschlagen worden sein. Aber wo ist er? Erst jetzt bemerkt er, dass er längst auf einer kleinen Brücke steht. Unter ihm ein weiterer Gang. Und die Luft, als atme er die Ewigkeit. Uralt und doch klar. Rein sogar in gewisser Weise. Ein weiteres Tor weiter hinten. Absolute Stille. Sein Herzschlag wie das Pochen der Welt. Seine Atemzüge wie die sanften Wellen eines Weltenmeeres.

Auch offen. Noah durchfährt ein Staunen, wie er es noch nie erlebt hat. Ihm ist sofort klar, dass er inmitten eines alten Turmes stehen muss. Aber nicht irgendeiner. Sondern ein Turm des Wissens dieser Welt. Bücher, überall Bücher. In Reih und Glied. Scheinbar aus allen Zeiten. Eine alte Treppe führt zwischen ihnen spiralförmig an der Wand empor. Immer wieder Holzstege, auf denen er rundherum gehen, die Bücher betrachten kann. Das war der Geruch. Alte Bücher. Als atme er das Urmoment seines Seins ein.

Vor Schreck verliert er fast das Gleichgewicht. Er hatte Momo und Niki nicht bemerkt. Seit wann sind sie ihm gefolgt? Wie auf Katzenpfoten. Beide schieben sie eine Hand in seine. Um nach oben schauen zu können, ohne umzukippen. Noah folgt ihrem Blick. Und schüttelt den Kopf. Das kann nur Lily gewesen sein. Über ihnen eine lapislazuli-blaue Kuppel mit goldenen Sternen, einem Mond, der Sonne und ‚ihren vier Figuren'.

„Aber wo ist die Lichtgestalt?", ein laut ausgesprochener Gedanke.

„Das Licht bist du."

Momo blickt Noah an.

„Wenn du kein Licht in dir hättest, könntest du sie nicht sehen. Weil dein Bild von ihnen kennst nur du. Wir sehen alle das gleiche und doch jeder unseres. Selbst mein Uropa sieht sie, obwohl er in dieser Welt blind ist."

Wie oft Lily ihm diese Geschichte wohl erzählen und erklären musste, dass es jetzt so selbstverständlich klingt?

Stimmt, Noah hat Lily nie gefragt, wie ihre Lichtgestalt aussah.

„Weißt du, wie man die Ordnung hier erkennt?"

Kopfschütteln.

„Ganz einfach!"

Klar, ganz einfach in Abertausenden von Büchern ohne außen erkennbare Signatur oder Markierung. Und ohne alphabetische oder strikt chronologische Ordnung.

„Du musst sie nach den Elementen gedanklich sortieren."

„Nach den Elementen?"

„Ja, den vieren – Zeit, Raum, Glaube und Sein."

Es wird ja immer besser mit den offenkundig klarsten Lebensweisheiten. Abwarten, er wird schon weiterreden.

„Zeit ist blau. Raum ist gelb. Glaube grün. Nur wenn du glaubst, entsteht dein Raum – blau und gelb ist grün. Und das Pendant ist rot. Kompli-irgendwas-Kontrast. Dann bist du, rot. Der Begriff, den einer mit so einem kantigen Namen dafür in die Welt gebracht hat."

„Und innerhalb der Elemente, also der Farben?"

Momo überlegt konzentriert. Da ist er selbst noch dran, das richtig zu verstehen.

„Ganz viele Nullen und Einsen", nichts und eins ist eins. Das fasziniert ihn total. Genauso, dass man von eins nichts abziehen kann und immer noch eins da ist. Deswegen gibt es nur ein weißes Buch hier. Das mit der Null vorne drauf. Das ist das Licht. Und das erleuchtet dann alles andere. Angefangen mit einer Eins.

Das erklären?

Er zieht vorsichtig ein Buch vor ihm aus dem Regal. Und deutet auf die Zahlen im Holz darunter. Na ja, mehr Kreise und gerade Striche. Wie eine Art Strichcode. Noah traut seinen Augen nicht. Das sieht uralt aus. Ein binäres Zahlensystem, wie es heute zur Programmiersprache genutzt wird. Aber es scheint einer anderen Logik zu folgen?!

„Es ist eine Wegekarte", als lese Momo seine Gedanken.

„Schau: in der obersten Reihe steht das Element, es ist kräftiger, na ja, breiter und tiefer."

Tatsächlich, O-I-O-I.

„Dann auf welcher Ebene des Elements. Also wo du reingehen kannst. Jedes Element hat drei Ebenen."

O-I-O.

„Auf jeder Ebene sind drei Buchreihen übereinander."

O-I-O.

Noah schmunzelt. An eine höhere käme Momo auch noch gar nicht dran.

„In einer Reihe stehen maximal 5.000 Bücher. Alle Tausend läuft einer dieser dicken Balken durch."

O-I-O-I-O.

„Alle 100 Bücher gibt es eine tragende Regalwand."

O-I-O-I-O-I-O-I-O-I.

„Und alle 10 Bücher gibt es einen Buchwärter."

O-I-O-I-O-I-O-I-O-I.

Jetzt entdeckt Noah die kleinen Holzfiguren.

4 Elemente, mit je 3 Ebenen mal 3 Reihen mal 5.000 Bücher durch 10 minus die Säulen und tragenden Regalwände...

(4x3x3x5.000:10{also mal 500})–(4x3x3x(5+(5x9){also doch einfach 50})... {vorne also die 500 durch 450 ersetzen}... =36x450=16.200 Bücherwärter für – Noah stutzt – maximal 180.000 Bücher. Ein Jahr hat 365 Tage. Realistisch ist es vielleicht, 10 Bücher am Tag bewusst wahrzunehmen. Gelesen hat man sie davon noch nicht. 3.600 einfach einmal fürs Jahr angenommen, manchmal doch noch Tageslicht sehen, wären das 50 Jahre... eine gewöhnliche Schaffenszeit eines Menschen, einmal die Ausbildung abgeschlossen und die eigene Passion gefunden.

Momo hat geduldig Noahs Gedankenausflug abgewartet und hält ihm nun das umgedrehte Buch hin. Auf dem Rücken die Prägung. Der Identitätscode des Buches. Jeweils nur einmal vergeben. Wie der genetische Code des Menschen.

O-I-O-I.

O-I-O.

O-I-O.

O-I-O-I-O.

O-I-O-I-O-I-O-I-O-I.

O-I-O-I-O-I-O-I-O-I.

Das Leben ist voller Hinweise, man muss sie nur erkennen. Und den Mut haben ihnen zu folgen. Wo hat er das in den letzten Tagen gelesen?

Aber eigentlich stellt sich ihm doch die Frage: was möchte ich. Vom Leben. Und was bin ich bereit dafür zu tun. Was ist meine Bestimmung? Meine Passion? Und welche Mission muss ich erfüllen, um im Leben anzukommen, meinem Leben. Damit ich bin. Und lebe. Jetzt und in Ewigkeit. Kommt da das ‚Amen' her?

An diesem Ort hier glaubt Noah. Als habe er seine Kirche gefunden. Und plötzlich macht das alles Sinn. Auch das Himmelsgewölbe über ihm.

Wie erinnerte oder visionierte Filmsequenzen sieht er sich zwischen – mehr mit – diesen Büchern altern. Sie langsam begreifen. Ihr Gelehrter werden. Sie zum Sprechen in der Welt bringen.

Liebevoll streichelt er Niki über den Kopf. Sie hat sich seitlich bei ihm angelehnt. Und blickt verträumt auf die Bücher direkt vor ihr, eine Reihe unter jenem Buch, das Noah mit Momo gerade betrachtet.

Wie lange sind Lily und Joel überhaupt schon hier? Kann wirklich Lily oben die Decke in kurzer Zeit konzipiert und beauftragt haben?
„Wenn man das erste Mal hier ist, kann man es gar nicht fassen, oder?"
Momo ist Noahs Verwunderung nicht verborgen geblieben.
„Ja... wie lange ist das bei dir her?"
„Als wir wieder hier waren, also von unserem ungeplanten gemeinsamen Urlaub. Meine Mama wollte hierher, auf Erkundungstour. Denn das Tor oben auf der anderen Seite vom Fluss vor der Brücke ist ja immer zu. Und es macht auch keiner auf. Sie hat irgendetwas in dem Buch, das immer auf ihrem Schreibtisch lag, entdeckt – und meinte, ‚des Rätsels Lösung könne nur vor Ort zu finden sein'."

Momo hat den Satz in Gedanken immer wieder durchgespielt. Ganz verstanden? Immerhin hat er sie hierhin gebracht, den einfach unglaublichsten Ort der Welt. Eine alte Burg, mitten auf einem Felsen, der wie eine Insel im Fluss steht. Und echt ziemlich hoch ist. Von der Turmspitze kann man sogar ein wenig übers Land gucken, bis zu...

„Wie ging es weiter?"

Noah schüttelt den Kopf über sich selbst. Und er dachte, es sei eine Bibel bei Lily auf dem Schreibtisch. Klar, jetzt da er sie vor sich sieht: es ist eines der Bücher von hier.

„Am Tor hat meine Mama das Buch dann aufgeschlagen und ganz lange eine Abbildung angeschaut... plötzlich ging das Tor einfach auf. Und dann sind wir reingegangen."

Momo fröstelt ein wenig. Das war aufregender, als er sich das in seiner kühnsten Phantasie vorher ausgemalt hatte. Eisbär fest an sich gedrückt, noch fester Joels Hand, der mit der anderen Lily einhakte, die längst eine andere Abbildung studierte und nur immer wieder ‚rechts', ‚wieder rechts', ‚einfach geradeaus', ‚links' usw. sagte. Der Weg schien wie ein Labyrinth. Und plötzlich öffnete sich der Wald und sie standen vor einer Burg, fantastischer als Momo sie sich hätte ausmalen können. Lily völlig unbeirrt weiter. Die Farbe der Kiessteine verriet ihr, wo regelmäßig jemand lang lief. Und dann waren sie an einem wunderschönen Eingangstor. Ohne Klingel oder altem Türklopfer. Aber auch das öffnete sich einfach vor ihnen. Lautlos. Mit modernster Technik. Und wieder ein Gang, bis sie im Innenhof angelangt waren. Nächste Abbildung. In die Mitte vom Stern im Zentrum. Und dort blickte Lily dann konzentriert nach oben. Entlang der Inschrift unter dem oberen Säulengang. Irgendwann bemerkten sie alle einen älteren Herrn, der im Schatten einer Säule sie anblickte. Wie lange, keine Ahnung.

„Und als wir es bis in den Innenhof geschafft hatten, wartete da Aaron auf uns."
„Aaron?"

„Ja, Aaron. Er wohnt hier. Er ist der letzte Wächter des Turms aus seiner Gene-irgendwas. Na ja, eben älter. Zumindest deutete er auf das Buch und fragte nur ‚mein Kind, was weißt du über das Buch – und wo hast du es her?'. Und dann erzählte meine Mama ihm, dass mein Uropa es ihr gegeben hätte. Sie solle es studieren, ihm folgen und es zurückbringen. Dann sei auch sie zuhause. Als Aaron dann hörte, dass mein Uropa plötzlich gestorben ist, war er ganz traurig. Zuerst. Dann aber kam er zu uns. Er meinte so etwas wie: das ist der Lauf der Dinge. Die alte Weisheit scheint zu stimmen. Erst wenn der letzte von uns in der Welt da draußen – also außerhalb des Eingangstors – diese verlassen hat, wird eine Frau unter seinen Nachkommen hierher kommen und die Schlossdynastie der Turmwächter neu begründen. Ich bin der letzte hier und werde dich einweisen. Das war das erste Mal, dass meine Mama einfach nur nickte. Nichts fragte. Joel war etwas verwirrt, das habe ich an seiner Hand gemerkt. Aber Aaron meinte direkt, dann sei er wohl jetzt der neue Schlossherr. Es sei für alles gesorgt. Na ja, und jetzt bin ich eben so etwas wie ein echter Prinz."

Momo stupst Noah an.

„Jetzt weiß ich es! Es hat alles seine Ordnung! Niki, wir werden nie wieder getrennt! Noah, du musstest herkommen, weil ein neuer Turmwächter gesucht wird. Und du musst von Aaron ja noch soooo viel lernen."

„So ist es, mein Kind."

Noah verliert vor Schreck fast das Gleichgewicht. Er blickt in die wachen, gütigen Augen eines scheinbar älteren Herrn. Aaron.

Noah erscheint das alles so verrückt, dass es nur sein kann. Und ehe er sich bewusst darüber ist, nickt er. Stimmt zu.

„Noah, richtig?! Aaron."

„Freut mich sehr, Aaron!"

„Und damit werdet ihr umziehen ehe ihr richtig eingezogen seid. Lily hat mir gestattet, euch euren Teil oben in der Burg zu zeigen. Dorthin, wo auch deine Mama gewiss kommen wird, liebe Niki."

Nicken. Ja, bestimmt. Wenn sie Mama hiervon erzählt. Besonders, dass Papa endlich weiß, was das Richtige für ihn ist. Er hat zwar nichts gesagt. Aber Niki spürt es. Sie hört es mit ihrem Herzen. Zwei Familien unter einem Dach. Damit sie später eine gründen können. Schon verrückt.

Zeit

Noah wandert durch die Bücherreihen
irgendwann schließt er seine Augen
als seine Füße wie von selbst den Weg inzwischen kennen
er die Schritte nicht mehr zählen muss
sondern weiß, wann er an der Treppe angelangt ist

wie einst zieht er seine Hand hinter sich her
seine Finger spielen ihre Melodie auf den wechselnden Buchrücken

manche warm und weich

andere fast heiß und unwirklich glatt

wieder andere dabei kalt

dann eins kühl und samtig

nur manchmal bleibt er stehen um genau zu fühlen

die Augen geschlossen

welche Farbe sie wohl haben

welcher Schriftfont ihren Titel formt

ein altes Handverfasstes

ein früher Druck

ein moderner

nur Bilder gehen Noah nicht durch den Kopf

irgendwann summt er eine sanfte Melodie

vertraut und doch weiß er gerade den Text nicht

und wer wann wo

was passiert wenn er ein Buch einfach rauszieht

nichts

zurück

wieder nichts

wieder zurück noch eins

und noch eins

ein ums andere mal

plötzlich zuckt er zusammen

ein vertrautes Gefühl

der Stoff

der Beutel von dem Weltenglobus

vorsichtig ganz raus
ja das ist er
'Seemanns Tagebuch'
ein Kompass auf der ersten Seite
eine Handskizze unterm Schmutztitel
und eine Widmung
‚die Schatzkarte deines Herzens
kannst nur du finden
nur du lesen
nur du ihr folgen.
ich habe meine gefunden
du hast mich gelehrt sie zu lesen
mich auf meiner Schatzsuche begleitet
mich sanft zum Ausgraben ermutigt.
den größten Schatz auf Erden.
ich liebe.
dich.
und so beginne ich dir jetzt zu schreiben
im Moment des Ankommens bei dir
wo ich nur im Herzen sein darf
erstmals geankert und doch frei, um wirklich dem anderen Ruf meines
Herzens folgen zu können.
einer Weltumsegelung und -wanderung.'

Noah zuckt zusammen. Was hat dieses Buch mit dem Weltenglobus wirklich zu tun? Steht nun wieder alles auf Anfang? Aber welcher Anfang und wovon? Oder schlägt er gerade das nächste Kapitel auf? Seine Blicke schweifen entlang der Bücher. Wie viele dieser Geschichten verbergen sich hier? Was sind diese Bücher wirklich?

Aaron ist unbemerkt die Treppe hoch gekommen. Etwas erstaunt, dass Noah bereits liest. Und doch beruhigt.

„Kennst du dieses Buch?"

Nicken. Und ein ganz ruhiger, tiefer Blick in Noahs Augen.

„In- und auswendig."

Mit einer seltsam tiefen Stimme. Als klinge ein ganzes Leben mit. Und die Liebe eines Lebens?

„Hast du es verfasst?"

Kopfschütteln.

Noah schlägt die nächste Seite auf. Eine Sternenkarte.

‚Des Nachts werden die Sterne mich leiten.

Deiner über mich wachen.

Des Tags wird der Kompass meines Herzens mich führen.

Und du mich schützen.

Solange ich dich spüre, bin ich sicher.

Und so werde auch ich dich behüten und schützen.

Spürst du das Licht?

Es ist unseres.'

Noah holt tief Luft.

„Wo ist sie?"

„Hier."

Hier?!

Prüfend mustert er Aaron.

Rätsel um Rätsel, kaum dass der Weltenglobus ins Spiel kommt…

———

Dieses war der zweite Streich

und der dritte folgt sogleich

ein Wimpernschlag

ein Atemzug

ein Hauch von Ewigkeit

von Ewigkeit zu Ewigkeit

von jetzt auf gleich